迷失桃花源

之智能背叛

莫冲海 著

中国画报出版社 CHINA PICTORIAL PRESS ·北京

图书在版编目（CIP）数据

迷失桃花源之智能背叛 / 莫冲海著. —北京：中国画报出版社，2024.5
ISBN 978-7-5146-2386-4

Ⅰ. ①迷… Ⅱ. ①莫… Ⅲ. ①长篇小说－中国－当代 Ⅳ. ①I247.5

中国国家版本馆 CIP 数据核字（2024）第 064103 号

迷失桃花源之智能背叛
莫冲海　著

出 版 人：方允仲
责任编辑：程新蕾
助理编辑：王子木
责任印制：焦　洋

出版发行：中国画报出版社
地　　址：中国北京市海淀区车公庄西路33号　邮编：100048
发 行 部：010-88417418　010-68414683（传真）
总编室兼传真：010-88417359　版权部：010-88417359

开　　本：32 开（145mm×210mm）
印　　张：6.5
字　　数：140 千字
版　　次：2024 年 7 月第 1 版　2024 年 7 月第 1 次印刷
印　　刷：三河市中晟雅豪印务有限公司
书　　号：ISBN 978-7-5146-2386-4
定　　价：59.00元

目录

迷失桃花源之智能背叛

目录

迷失桃花源之智能背叛

一 误闯桃源

孔飞往莫雨指向的那个山谷望去，但见整个山谷云海徜徉，轻纱缭绕，桃花盛开，淡粉嫣红，那不是人间仙境吗？

天公真不作美，刚才不还是艳阳高照吗？现在却阴云密布，难道这老天也有它见不得人的事情？人如蝼蚁，世事无常，也难怪这天变化莫测了。

孔飞一直埋着头往前走，对周围的一切都提不起兴趣，因为他的心里生着闷气呢！在这次参加全国中学生人工智能大赛时，由于其中一个关键程序设计出现了安全漏洞，导致由他领头的团队研发的这款“智能擦黑板机器人”错误地将讲课老师的脸也擦了一遍，这样一来，大赛一等奖当然就与他们擦肩而过了。

哎，他心里本来也很失落，可是他们不是发现了漏洞并进行了补救吗？这有什么了不起的呢？科学嘛，不就是一个渐进的过程吗？为什么就这么一个重在参与的竞赛，老师却那么兴师动众，把他们叫到办公室里狠狠地“教育”了一个上午呢？还说什么你这不是代表个人，而是代表学校、代表全市啊！可是，我们这些小孩子，真的能代表这么多人、这么大一座城市吗？

回到家后，爸爸也对他啰嗦了一整天，说学校来电话了，说什么你这样可对不起老师的培养，对不起学校的教育，对不起大家的厚望。哎，还好，还是妈妈最理解他，对他安慰道：“失败是成功的母亲，失败没有那么可怕，失败了才会发现问题，才会取得最后的成功。”

孔飞有时就想，这些大人都怎么啦？这“名誉”对你们来说真的有这么重要吗？

他用力将路上的一块小石头踢了出去。唉，在这个全市最好的重点中学读书，说真的，就一个字——“累”。这个周末，他决定好好地休息一下自己的大脑，就自己一人，对，就自己一人。再不休息一下，他觉得自己会喘不过气来，甚至于大脑中的每一根神经都会因为长时间绷得太紧而断裂。

在这个游人如织的世界地质公园里，他就这样独自埋着头走着，想着，气着。他的心冷冰冰的，虽然春暖花开，各种花儿，二月兰、美女樱、金鸡菊、红花酢浆草，都在争奇斗艳，热情绽放，美不胜收。

很自然地，他不会注意到，那一路上的湖水清澈、鱼翔浅底，还有蓝天白云、鸟儿成群的美好景致。

他心乱如麻，就想好好地静一静，找一个没有人的地方，静静地走过路过，静静地坐着躺着，静静地闭着眼睛休息一下。

他专拣无人、无路的地方走。

“孔飞哥，孔飞哥。”突然，一个清脆响亮的声音远远地传了过来。

这不是添乱来了吗？又是这个“小喜鹊”，不知她是从哪里冒出来的？要是被这块“黏皮糖”赖上了，他还能清静吗？孔飞不由加快了脚步。

“小喜鹊”其实是孔飞邻居家那个活泼可爱的小女孩，因为在一起玩的时候她老是“叽叽喳喳”地说个不停，像是一只爱闹的小喜鹊，所以孔飞给她取了这个特别好听的外号。

“等等我，孔飞哥。”“小喜鹊”不停地叫唤，声音又尖又细，真刺耳。

孔飞当然不愿意答应她，而且还挑了一条十分难走的崎岖小径猛地跑了起来。

“孔飞哥，你等等我。”孔飞回过头一看，“小喜鹊”就在后面不远处，只见她左蹦右跳，不时地闪避着路上的荆棘与茅刺。

“你不要跟着我好不好？你这只‘跟屁虫’，真是烦人。”孔飞生气地说道。

孔飞虽然说话绝情，但是心头还是不由一软，脚步接着就慢了下来。

他想，在这么一个偏僻的地方，要是“小喜鹊”真的有什么闪失，我这个男子汉回去了可如何向伯父、伯母交代？

虽然她多嘴多舌，但是如果真的是自己一个人静静地坐着发呆，似乎也不是最好的选择。

路越来越难走了，这荒山野岭处处荆棘丛生、蛛网横斜、蚊虻过耳，好似根本就没人踏足过这里，他只能小心谨慎地行进。

“哎哟！孔飞哥！孔飞哥！”后面忽然传来了一声惨叫。

不好，“小喜鹊”出事了！孔飞心头一颤，赶紧转过身来往回跑。转过一个小山坡后，孔飞看到“小喜鹊”瘫坐在地上，脸扭曲得如苦瓜一样，痛苦地呻吟着。

“我说过叫你不要老跟着我，老赖着我，这回吃亏了吧！”孔飞蹲了下来，一脸严肃地训斥道。

“我的脚崴伤了！”“小喜鹊”十分委屈地说道。

“我来看看。”孔飞脱掉她的鞋，然后抬起她的脚仔细地看了一下，没有红肿的地方。他又盯着“小喜鹊”那苦瓜脸看了一会儿，装模作样地大声咳嗽了一下，然后往两只手掌上吐了口水，捉住“小喜鹊”的脚就要用力去搓。

“呀！停！停！”“小喜鹊”惊叫一声，将腿一拔，猛地站了起来。

“我的脚好了，没事了，没事了。”“小喜鹊”说完，偷笑着轻快地往前走了。

“看我治不了你。”孔飞“哧”地笑了一声。

“小喜鹊”姓莫，名雨，今年九岁，比孔飞小了四岁，在市内一家实验小学读五年级。她平时爱说爱笑，喜欢唱歌跳舞，自小便和孔飞一起玩耍，所以孔飞对她的脾性十分了解，她那点小伎俩他能不知道吗？

“小喜鹊，像喇叭，叽叽叽来喳喳喳，闹得我呀笑开花。”孔飞一边笑着，一边唱着歌，从后面追上了莫雨。

“孔飞哥，你要去哪儿？”

“我也不知道要去哪儿。”

“那为啥走那么荒凉偏僻的地方啊？”

“哎！我就是想找一个没人打扰的、清静的地方，一个人坐下来发呆。”

“发呆？我听不懂哟！”

“你当然不懂，小孩一个。”

“孔飞哥，我长大了，不是小孩啦！”莫雨嘟着嘴，满脸不高兴。

“伯父和伯母知道你到这里玩吗？”

“当然知道，我们进了地质公园后不久便见到了你，爸爸妈妈听到我要和你一起玩，都答应了。”

看来伯父和伯母对我还是很放心嘛！孔飞想到这里，心里不由美滋滋的，胸膛也挺了起来。

天上不时有一两只不知名的鸟雀飞过，有的还“啾啾啾”地唱着欢快悦耳的歌儿。

孔飞带着莫雨专门挑人迹罕至的地方走，就这样左拐右绕地，也不清楚走了多远，最后爬上一个突兀的小山坡。他们累得找到一块耸起的大山石坐下来直喘气。

“哇！你看，孔飞哥，真美呀！”莫雨指着远处一个被危峰环绕的神秘山谷。

孔飞往莫雨指向的那个山谷望去，但见整个山谷云海徜徉，轻纱缭绕，桃花盛开，淡粉嫣红，那不是人间仙境吗？

“走，我们一起看看去。”孔飞决定带着莫雨去逛逛。

他们小憩一会儿之后，互相搀扶支持着，顺着山坡小心翼翼地往下走。山坡布满了灌木丛，越往下去时，地面就越滑，两个人摔了好几次。倒在地上时，那树叶的腐臭味直冲鼻子，让人有点喘不过气来。

他们好不容易才溜到了谷底。只见谷底有一条潺潺小溪，溪水清可见底，不时还会有一片片粉红色的桃花瓣儿从上游漂流而下，吸引着一群一群的小鱼儿追逐嬉戏。

此时的孔飞和莫雨都已成了大花脸，手脚也被刮出许多血痕。溪水清冽诱人，他们洗干净脸和手脚，又喝足了水，然后才沿着溪边一条小路继续往前走。

好大的一片桃花林呀，是谁种的呢？有人家住在这儿吗？他们带着满腹疑问，一路走一路观赏，但是看到的除了桃树还是桃树，似乎永远没有尽头。

“是桃花仙子住在这里吗？”莫雨满眼疑惑。

“那可是神话里的人物，人间怎么可能会有呢？”孔飞心中暗笑莫雨稚气未脱。

“可谁会在荒山野岭种上那么多桃树啊？”

“我也不知道，兴许是附近的村民吧！”

其实孔飞也十分纳闷，他不禁想起陶渊明写的《桃花源记》，难道我们真的那么幸运，古今之人遍寻不着的桃花源，真的被我们遇上了？哎呀，想到哪里去了？这可能吗？刚才还笑话“小喜鹊”幼稚，自己还不是一样吗？

他们继续往前走，似乎进入了桃花迷宫之中。那桃花姹紫嫣红，在青翠欲滴的绿叶映衬下，显得娇艳鲜美。有的花瓣儿舒展开了身子，一丝丝红色的花蕊顶着嫩黄色的尖尖，调皮地探出头。有的还是花骨朵儿，饱胀得马上要裂开来似的。桃花散发出阵阵清香，沁人心脾，直钻他们的鼻孔，馋得两个人大口大口地呼吸着。

“桃花春色暖先开，明媚谁人不看来。”孔飞拉着莫雨在桃花林中钻来钻去，一时竟然分不清东西南北了。

“‘小喜鹊’，要做好记号，否则我们会迷路的。”孔飞叮嘱着莫雨。他们在地上找到一块较锋利的石块，每走一段路，便在桃树上画一条横线，同时在自己来的方向刻上一个箭头。

呵呵，“处处志之”，这可是《桃花源记》里面那个渔人的招数。哎，真的有点惭愧，现代人都自诩聪明，可在许多方面我们还是要向古人学习。

“孔飞哥，我们到了小溪的源头啦！”莫雨眼尖口快，蹦蹦跳跳地跑到前面去了。他们溯源而上，还真的找到了小溪的源头。

前方已经无路可走，一座险峻陡峭的石山像一道屏障般挡住他们的去路，而潺潺的溪水就是从山崖中的一个洞口不断地往外涌出来的。

“可以进去，孔飞哥，这山洞很大哟！”莫雨攀着石头急不可耐地一头钻进山洞。

孔飞也跟着钻了进去，突然惊吓得大叫一声：“注意，蛇！”他连爬带滚地从洞中退了出来。

“哈哈！孔飞哥，想不到你真胆小，那不是蛇，是一根钟乳石。”莫雨看到孔飞那狼狈的样子拍着手大笑起来。

“‘小喜鹊’，你可别骗我啊！”孔飞天不怕、地不怕，可是一说到蛇，那可是捏住了他的软肋，真的应了俗话所说的“一物降一物”了。

孔飞再次探头进去，发现自己看到的真是钟乳石，像蛇一样从地面绕到洞顶，足有两米多高，蛇头、蛇尾及蛇鳞惟妙惟肖，若不细看，还真的误以为是一条大蟒蛇盘旋其中，守卫着洞口。孔飞既感叹大自然的鬼斧神工，也笑话自己忒胆小了。

他咳嗽一声，故作镇定，大摇大摆地走到莫雨前面，继续摸索前进。

这山洞虽然光线暗弱，但前进之路依稀可见。山洞没有岔道，时窄时宽，时直时弯，时上时下。窄时要曲身而过，宽时可直立行走。直时能见十几米远，弯时则像陀螺转来转去。上时要艰难爬坡，下时还要小心滑倒。

他们艰难地摸索着前进，洞中浓重的泥土气味直刺鼻孔。

“‘小喜鹊’，你害怕吗？”孔飞在前面问道。

莫雨紧紧地跟在孔飞后面，不敢落后一分。她壮着胆儿自信地说道：“不怕，跟着孔飞哥，我一点儿也不害怕。”

孔飞听了这话，心中不由一阵暖和，是啊！也只有在莫雨面前，他才有英雄一样的感觉。而在老师眼中，在爸爸妈妈眼中，自己似乎永远是长不大的孩子，老是受到他们的批评教育。

他们在山洞中一直往前绕呀走呀，脑袋因磕磕碰碰起了几个小包，让人觉得十分痛苦，但这并不重要，重要的是这山洞似乎没有尽头。他们已经不知左弯右拐和上上下下多少回，也不知前进了多长时间和多远的路程，却还是在山洞中。他们前进不是，后退也不是，内心十分纠结。

“我有些害怕，孔飞哥。”莫雨说话的声音很弱。

“‘小喜鹊’，不用怕，有我在呢！很快我们就会出去了。”在困境中，人的恐慌跟病毒一样有传染性，孔飞实际上也有点害怕，但他想到在这里自己是唯一一个男子汉，千万不能露出一点儿胆怯之态，否则这次探险就会半途而废。

让黑暗快点过去吧！孔飞心里不断地嘀咕着。

就在这样矛盾纠结的心情中，他们继续摸索前进，也许走了二三百米远吧，前面忽然出现一团白色光晕。他们越走越近，光线也越来越强。

“孔飞哥，我们总算快到山洞的尽头啦！”

“是的，‘小喜鹊’，我们真的要到达山洞的尽头啦！”

说真的，不管是谁，在陌生而黑暗的环境中待久了，都会急切地想见到光明。虽然这一团光晕并不大，但是他们都激动地欢呼雀跃起来。

二　神秘洞穴

这是一个非常大的溶洞，面积估计有十几亩，高有七八丈，十多根洁白如玉的钟乳石悬挂其中。整个溶洞在点点烛光的照射下熠熠生辉，如梦似幻，难怪莫雨说这里就像一个大宫殿。

当孔飞和莫雨兴奋地小步快跑着来到那光源近前时，却失望极了。因为他们看到的不是什么洞口，而是洞壁上自然形成的一个像头一样大小的缺口，比孔飞还要高半截，光线就是从缺口处穿透过来的。

不过他们十分好奇，缺口处怎么会有那么强烈的光线射进来呢？难道缺口那边就是洞外了吗？孔飞想，如果是的话，那他们离出口应该不远了。

忽然，从缺口处传来微弱的说话声，这让他们再度兴奋起来。他们觉得自己好久没听到过外人说话的声音了。

“我们桃花源村是有规则的，谁违反了规则，谁就要受到惩罚。”

“这是长老院定的，长老院的权威高于一切。”

“没有商量余地！”

“我们同意！”

……

咦，是谁在这里？他们在决定什么大事？

“‘小喜鹊’，你爬上去看看。”孔飞叫莫雨过来，决定一探究竟。

孔飞蹲下来，让莫雨两只脚踩到他的肩膀上，然后从缺口处往里面窥探。

“哇！孔飞哥，好大的一个山洞，金碧辉煌的，好像是一个大宫殿哟！”莫雨回过头悄悄地告诉孔飞。

“有人吗？”

“有，有，一，二，三，四……我数了一下，上头坐着一个人，下头两边各坐着三个人，总共有七个人。”

“知道是些什么人吗？”

“不知道啊！看他们像是小孩，但是头发胡须全白，难道是格林童话中的七个小矮人？”

“小孩老人你都分不清楚吗？”

“他们都戴着不同颜色的面具，七个人的面具刚好是红、橙、黄、绿、青、蓝、紫七种颜色。”莫雨继续道，“他们都穿着红色印花长袍，头发盘成发髻，还插着发簪，哎呀！好像是女人的打扮。”

孔飞呢，只能一边听一边想象着里面的情景，心窝好像有只小鹿在撞击，真是急死人了。难道里面住着神仙？可这又不像啊！

这小心脏扑通扑通直跳，孔飞决定亲自看看，可是一看莫雨那孱弱的身子，他又泄气了，她怎么能承受自己的重量呢？

他把莫雨放下之后，决定在附近找找看，也许还有其他缺口。他们沿着山洞继续往前走，但是他们很失望，因为走了许久还是没有找到。就在他们要放弃的时候，又隐约听到一丝缥缈的声音，孔飞不由大喜过望。

“有声音了，走，就在前面。”孔飞和莫雨加快了脚步。

声音越来越近，越来越大，当他们再次转了一个弯之后，前面豁然开朗起来。

终于到达洞口了，他们想。然而到了前面，他们吓得面容失色，好在及时刹住脚步，否则再继续向前一米，就会掉入几十米深的大溶洞，那可是万劫不复了，两人不禁倒吸一口冷气。

这是一个非常大的溶洞，面积估计有十几亩，高有七八丈，十多根洁白如玉的钟乳石悬挂其中。整个溶洞在点点烛光的照射下熠熠生辉，如梦似幻，难怪莫雨说这里就像一个大宫殿。

这里就是那些人议事的地方，他们所站的位置只不过是靠近溶洞顶端自然形成的一个有三四平方米的平台。

那些小矮人还坐在那里，为了不让他们发现，孔飞拉着莫雨趴在平台上，静静地听着他们说话。

“既然违反了村规，而且有三次，那就流放吧！”

“荒岛那边的情况现在怎么样了？”

“目前并不清楚，按照我们村规，凡是打架斗殴、损毁公物、不讲礼仪的，经道德院教育后仍不悔改的，都会流放去荒岛，这几十年来，也该有十多人了吧！”

“我村因桃花众多，村民习惯叫桃花源村，其实古称‘天德村’，取自《论语·颜渊》中‘上天有好生之德，大地有载物之厚’这句话，我村是仁义之村，让这些人到荒岛自生自灭，也体现了我们的仁义之心。”戴黄色面具的老人解释道。

“谁违反了村规都一样，包括我们在座的各位长老。”那戴红色面具的小矮人语气十分冷漠，透着一股威严震慑之气。

“谁？”

孔飞和莫雨都被吓得不轻，当他们心无旁骛地听着那些小矮人开会的时候，背后突然出现一个男人，把他们吓得冷汗直冒。让他们想不到的是，在这个隐秘的地方，竟然还会有其他人存在。

这个男人起码有二米多高，却长着一个娃娃脸。

“嘘——！”只见他伸出手指示意，叫他们压低声音，然后反问道，“你们是谁？”

听他的声音分明就是一个小孩子，孔飞回答道：“我叫孔飞，她叫莫雨，你呢？”

“我姓史，叫史方，今年十一岁了。”

“你怎么上来的？”孔飞问道。十一岁，二米多了，真是怪人一个啊！

史方用手指了一下旁边，原来在他们这个平台的右边还有一条极为隐秘、狭窄的小道，可以从山洞的另一边攀爬上来，不认真看的话，是察觉不到的。

“你们不是桃花源村的人？”史方看着他们的衣服，露出了惊诧的目光。

莫雨正要说“不是”，就被孔飞用眼色打断。这个地方处处显示着怪异，来者是友是敌，可不好说。

“我们是桃花源村的人。”孔飞肯定地回答，“你呢？”

“你们不用骗我，你们的穿着与桃花源村的人根本不同。”史方紧盯着孔飞和莫雨的衣服说道。

那史方黄发垂髫，穿着红色印花长袍，像是汉服，真的有些不伦不类。

那又怎样呢？难道从穿着就能说明自己不是桃花源村的人？孔飞沉思着。

“在桃花源村，男人都穿红色印花长袍，女人则穿纯蓝白边长袍。既然你们是桃花源村的人，怎么会不知道？”史方质疑道，“长老院一旦发现穿着奇装异服的人，就会抓住并流放荒岛。”

又一次听到“流放”二字，孔飞和莫雨的心都不由一颤。

“‘长老院’是什么？‘流放’又是什么？”孔飞和莫雨同时问道。

“洞里面那些人就是我们村长老院的长老，他们管理全村的秩序，主宰着全村人的命运。”

“就这些小矮人？”莫雨感到十分奇葩。

“我就知道你们不是桃花源村的人，桃花源村的人怎么会不知道‘长老院’和‘流放’！你们快承认了吧。”史方很得意地说。

“好吧！”孔飞和莫雨知道说谎已经没有什么作用，于是承认了自己并不是桃花源村的人。

“其实，我在后面观察你们很久了，你们穿着随意，说话随意，举止随意，这些都不符合我们桃花源村的规则，我早就知道你们是不速之客。”

“我们很随意吗？”孔飞和莫雨互相对视了一下。

正当他们想问清楚的时候，忽然看到史方招了一下手，示意他们看向洞中那个议事厅。只见两位面无表情的壮汉将一位头发蓬松散乱的女子押了进来。那女子果然穿着纯蓝色长袍，她进来后自觉地跪在了台阶的下面。

“你违反了我们桃花源村的规则，知罪吗？”

“我知罪，我不该谩骂殴打老人。”

“孝敬父母、尊敬长辈，是做人的本分，是我们桃花源村的传统美德，也是每个村民都应该遵守的规则。”

“是的。”

“你违反规则多少次了？”

“有三次了。”

“据长老院使者的记录，第一次是劳动时怕苦怕累，将村里舂米的木杵毁坏了；第二次是偷窃营养院的食品；这一次是谩骂殴打老人。”

“是的，我都知道。”

“我们的规则是，前两次违反规则，送到道德院接受教育，但是你已经是第三次了，违反三次规则就要被流放。”

“是的，我认罪。”

“好的，你流放后，村里会照顾好你的家人。”

“谢谢长老们。”

在那个女子磕了三个响头表示感谢后，两个壮汉就将女子押解出去了。

“许久没有对村民用过‘流放’这个严厉的惩罚措施了。”

“上一次‘流放’村民已经是十年前的事情了。”

“对。当时一个男婴的基因发生变异，右手多长了一个手指。”

“他出生后就被流放了，那是经长老院讨论后决定的，他是唯一一个没有违反村规而被流放的人。”

“是啊，今天算来，这个小男孩也该有十岁了。”

长老们都叹息了一下。

“我们不必自责。”坐在上头的红面具长老咳了一下，然后严肃地提醒大家。

议事厅一时寂静无声。而在平台上，史方却流下了伤心的泪水，虽然他尽量压低了抽泣声，但还是被细心的孔飞发现了。

“史方，你这是怎么啦？”男人有泪不轻弹，史方还是男子汉吗？不，他还是与我一样的小男孩啊！

“听长老们这么一说，我忽然想起我的好朋友小多多，他就是被流放到荒岛的那个男婴。”史方腼腆地擦了一下眼泪，说道，“小多多被流放到荒岛后，被一只野狼叼到狼窝里面，与狼崽一起长大，后来被一个老人救了出来，才活到今天。”

孔飞和莫雨听了小多多的悲惨遭遇，回头看着那些小矮人，心都气炸了，心想：这些人道貌岸然的，难道就没有一点儿人性吗？

看到孔飞和莫雨咬牙切齿的样子，史方平静地说道：“你们也不用痛恨长老们，这是他们必须履行的职责，他们要对所有村民负责，他们没有私心，对每个人都是一视同仁的。”

“他们有这么大的权力决定一个人的生死吗？”孔飞觉得十分惊讶。

“对，你们没有法律吗？没有法院吗？”莫雨问道。

“法律是什么？法院又是什么？”史方好奇地问道。

“嗯——，法律嘛，就是每个人都应当遵守的行为规范，谁违反了就由法院来审判。”孔飞想了想，简单解释道。

“我们没有法律和法院，你们的法律就和我们村的规则一样，村民要是违反了规则，就要受到长老院的审判。”史方倒十分聪明，回答也无懈可击。

孔飞一时无言以对，毕竟掌握的知识也不多。他想，还是算了吧，与史方一时也扯不清楚这个事情。

“那些小矮人呢？刚才还在这里啊！”莫雨一脸惊奇。

“对，他们去了哪里？”他们刚才说着话的时候，一时没注意洞穴里面，结果长老们就不见了。

“长老们议事完毕后就散去了。”

“不，我说的是我看见他们一闪就不见了。”莫雨用手比画着说。

“的确是没见他们走路出去啊！”孔飞补充道。

“你怎么知道的？”史方反问道。

“没见他们走路出去啊！土行孙就是钻地走的。”

“土行孙是谁？”

“土行孙是《封神演义》中的人物，他也是小矮人，本领高强，以遁地术称雄诸神。”孔飞解释道。

“不，长老们不是钻到地下走的，而是从后面一个小洞回到长老院。”史方说，“不过你们说的隐身术我还是见过的，救下小多多的那个老人就会。”

“真的有隐身术这种功夫？”孔飞和莫雨都不敢相信。

“反正我见过，我和小多多玩的时候，那老人一闪就不见了。”史方说道。

难道他可以在多维空间穿行？孔飞也是听物理老师说过一次，不过老师没有说得十分明白。

“这次会后，就要等下一个月了，长老们一般是每个月开一次会，讨论村里面的重大事情。我有时候会到这里来偷看，有时还会把知道的信息告诉村民。”

“长老们知道小多多还活着吗？”

“不知道，他们还以为他已经自生自灭了呢！”史方自豪地说，村里只有他一家人知道，因为小多多曾经到过他家。

“你认识这些长老吗？”

“不认识，听村民们说，他们都有上百岁了，有的也许有二三百岁。你们看，岁数越大的就越矮小。”

孔飞和莫雨听小史方这么一说，吃惊得张大了嘴，看来是那红面具长老年龄最大了，他也就一米左右。

“他们住在天和山长老院，平时都戴着面具示人，所以没有一个村民见过他们的真容。”

“他们怎么管理全村的事务呢？”孔飞感到这个地方是越来

越神秘了。

“这不太清楚，但是每一个村民的举止行为他们都会知道。”史方解释道，“长老院管理着工程院、道德院、学习院和育婴中心、营养中心等几个部门，全村的工作直接由这些部门负责，既分工又合作，大家生活在一个祥和的村子里面。”

“如果不听长老院的安排呢？”莫雨天真地问道。

“长老院很快就会派出使者把你抓起来，送到道德院进行管教，屡教不改就被流放，这些使者就是刚才你们看到的壮汉，你们看出什么问题来了吗？”

“看出什么问题？”

“就是这押解犯人的壮汉，你们没看出他们有什么特殊吗？”

“我看到他们都是面无表情的。”莫雨说道。

“的确没什么特殊的地方，就是一个个表情都很冷漠。”孔飞觉得史方问得很奇怪，不过他再仔细一想，总算发现了端倪，“难道他们是机器人？”他嘀咕着，不过他还是不敢相信，在这样的地方会有人工智能。

“你们算是看出来了，他们都是没有感情的机器人，只会按照长老院的指令行事。”

“啊！真的？”孔飞和莫雨再一次惊讶得张大了嘴，他们是用机器人来管理全村啊！孔飞对机器人是再熟悉不过的了，可是在外面的世界，用机器人来管理社会事务那还远着呢！

“可是这行吗？”莫雨疑惑地问道，“机器人是人类发明的，却又让他们来管理人类自己。”

“我们村民已经习惯了。”史方说道。

“这些机器人有点儿古怪，我总觉得有点儿不对劲。”孔飞不由回忆起他们团队设计的擦黑板机器人，于是悄声地对莫雨说道。

“孔飞哥，你可别吓唬我，他们看上去不过就是冷冰冰的样子。”莫雨说道。她当然知道，自从在全国中学生人工智能大赛失利后，孔飞心里面总有一个坎过不去，但是也不要一见到机器人就疑神疑鬼呀。

“不，不是冷冰冰的，我是说他们是出奇地冷静。”

孔飞正要进一步说明，史方在前面催促道：“快点走吧，我带你们到我们桃花源村做客，但是你们一定要听我的话，遵守这里的规则，否则被长老院发现的话，就十分麻烦了。”

“会有什么麻烦啊？”孔飞问道。

“肯定会被抓起来，说不定还会被流放。”史方说。

“有这么严重吗？”孔飞和莫雨头皮发麻。不过他们很快就忘记了史方的告诫，因为能进入这个神秘的世外桃源，他们已兴奋得忘乎所以，毕竟这村庄对他们太有吸引力了。

“你们得懂怎样鞠躬，男性双手垂于身体两侧，女性双手放在膝前，这是基本的礼仪。”史方看到他们手舞足蹈有失仪态的样子，就教育他们。

孔飞和莫雨自小就受到良好的教育，当然懂得礼仪，却不知道这个无人知晓的桃花源村依然遵循这样的繁文缛节。

看来到了这里之后，一切举止行为都要小心翼翼才好，绝对不能出现任何破绽，否则被发现了可就麻烦了。

三　尘客光临

孔飞和莫雨早就被眼前如此美丽的村庄惊呆了。这里并没有高楼大厦，在桃花簇拥中，只有错落有致的类似于徽派建筑的房子，粉墙、青瓦、马头墙，层楼叠院、曲径回廊、亭台楼榭，与青山绿水和谐地组合在一起，俨然是一幅毫无雕饰、浑然天成的山水画。

史方在前头引路，他们从洞壁上一条十分隐蔽的自然凸起的岩石小道慢慢地走向洞底。史方虽然十分高大，但灵活得如猴子一般，而孔飞和莫雨则要手脚并用才行，史方有时还要帮助他们。

到了洞底，史方叫孔飞和莫雨在原地等候，千万不能随便走动和触摸这里的东西，以免被发现，说完他就从一个洞口钻出去了。

约莫过了一炷香的工夫，史方才回来，但是手中多了一个袋子，里面是衣服和鞋子，他叫孔飞和莫雨换上。

这衣服和鞋子跟史方身上的一模一样，只不过一件是青蓝色的，另一件是米粉色的。

“这是我从家里找出来的，是我爷爷奶奶以前穿的。”

“你爷爷奶奶的衣服我们穿会合身吗？”按理史方这么高，他爷爷奶奶肯定不矮，我们小孩能穿得上吗？

“合身，你们试试就知道了。”

“一定要换衣服吗？可是我怕脏，穿不惯别人的衣服。”莫雨有“洁癖”。

“如果不换衣服，那可是寸步难行，长老院很快就会发现你们。”史方说道，“不过，你们放心，我们的衣服和鞋子很干净的，不沾灰尘也不藏臭味。”

看到孔飞和莫雨怀疑的眼神，史方忙从地上抓了一把烂泥土往自己衣服上用力一擦，只见泥土纷纷往下掉，他再抻了一下，衣服全干净了，就跟新的一样，这可把孔飞和莫雨看得眼都直了。

“你们再看看左手衣袖上，这里安装有一个特殊装置，我们叫‘副脑’。”史方说道。

“哇，看到了，有屏幕和按钮。”孔飞说。

“每个按钮代表一种功能，与全村指挥系统联通，可以视频通话、导航定位、查看资讯、拍照录像，还可以测量血压、体温等，更主要的是里面存储着每个村民的全部信息。”

“想不到一件衣服竟然还有那么多功能。”莫雨一脸羡慕。

“穿上吧！”史方叫他们赶紧换上衣服。

果然很合身，但是莫雨觉得自己是女孩儿，穿红色印花长袍更好看，不过史方却说那是男人穿的，没办法，她只好穿上蓝色白边长袍，而孔飞反而穿了那件红色印花长袍。穿上长袍后，看上去很滑稽，两人你看看我，我看看你，互相笑了笑，无奈地跟着史方钻出山洞。孔飞和莫雨伸了伸腰，擦了擦眼，在黑暗中待久了，竟一下子无法适应外界强烈的光线。

过了好一会儿，他们才看清楚周围的环境，其实他们置身于一个大峡谷中，谷顶绝壁连天，石峰笑傲，谷中古木苍翠，遍布奇花异草，一条瀑布犹如白纱悬挂于陡峭的山崖上，似银河决口，从九天崩泻而下，在山谷中升腾起阵阵云雾，形成一条如梦似幻的彩虹。

在山崖绝壁处刻有几行飘逸轻盈的大字："日照香炉生紫烟，遥看瀑布挂前川。飞流直下三千尺，疑是银河落九天。"落款是"李白题庐山瀑布"。

在这个与世无争的桃花源村，真的是唐朝诗人李白写的"望庐山瀑布"吗？

"唐朝大诗人李白到过你们这里？"孔飞无法相信这是真的。

"你说的是写这首诗的李白吗？"史方指着绝壁上的诗反问道。

"是的，我们的老师说他在庐山游玩后写下了不少赞美庐山美景的诗篇，《望庐山瀑布》便是其中最有代表性的一首。"

"是啊！我也读过这首诗。"莫雨也觉得很奇怪。

"李白可是桃花源村一千二百年前的村民，这里的村民称这座山为'炉山'，也有叫'庐山'的，是因为上面有桃花源村祖先的坟墓。"史方解释道，"你们再细看瀑布下方那个深潭，氤氲缥缈，是否跟香炉一样啊！"

看来史方说得不错，可李白是唐朝的大诗人啊！孔飞和莫雨万般不解。

"不过，在一千六百年前晋朝时期有一个渔人到过我们村之后，我们村就专门定了一个规矩，为了不封闭自己，每过一百年会在村民中精心挑选一个聪明忠厚的人到外界游历，开阔眼界，增长见识，但是十年内必须回来向长老院汇报自己的所见所闻。”

孔飞和莫雨想，看来这里真的是桃花源了。史方说的渔人就是陶渊明写的《桃花源记》中的那个渔人。

“后来呢？”

“李白是桃花源村挑选出来到外面去增长见识的村民之一，但他是村里有史以来唯一一个不按规矩回来的村民。他二十岁离开，一直到了六十多岁才回来，在外面生活了四十年。后来出去游历的村民还专门寻找过他，可是他的行踪飘忽不定，最后也不了了之。”

“原来是这样啊！”孔飞和莫雨恍然大悟。

“时间不早了，走吧！”史方说完后催促道。

他们出了峡谷，看到一棵千年大榕树，树高近三十米，树围五十多米，树根伸出一百余米，覆盖面积达五六亩。大榕树所在的位置是一个可以极目远眺的小山岗。史方把他们带到这个地方，站在这里，可以将整个桃花源村尽收眼底。

“你们看到了吧，这就是桃花源村。”史方用手指着远方一片开阔地。

孔飞和莫雨早就被眼前如此美丽的村庄惊呆了。这里并没有高楼大厦，在桃花簇拥中，只有错落有致的类似于徽派建筑的房子，粉墙、青瓦、马头墙，层楼叠院、曲径回廊、亭台楼榭，与青山绿水和谐地组合在一起，俨然是一幅毫无雕饰、浑然天成的山水画。

真的，这就是人们一直在寻找的世外桃源。

沿着一条由平整的青白条石铺设而成的小路，他们逐级而下，一路上红豆杉、罗汉松、枫树、樟树、银杏、椎树，以及一些叫不上名字的珍稀古树数不胜数，让人目不暇接。

下得山来，遇到一个步履匆匆的村民，是隆先生。史方赶忙拉着孔飞和莫雨一起恭恭敬敬站在原地。与长辈相遇时，要等长辈先走，这是规则。

“小史方，你们这是去哪里了呀？”隆先生问道。

“隆先生，我们上了一趟山，听说那个谩骂殴打老人的村民要被流放了。”

“哦——，有这么严重吗？”

“我听长老们说的，她违反规则三次了。”

“哎！真作孽呀！”隆先生一边叹息，一边摇头。

“长老们说，谁违反了规则都得受到惩罚。”史方说。

“规则，规则，还是那个规则！这两位是谁家的孩子？”

“村东头德先生家的小孩。请隆先生多多关照。”看来，他们这里对男的都称为先生，孔飞和莫雨赶忙上前一步鞠了个躬。

“不客气，不客气。”隆先生一边离开，一边念叨，“真的是德先生家的小孩？不像，不像，哪有这么矮的小孩？”

“再见，隆先生。”史方说完后，赶紧带着孔飞和莫雨跑开了。

跑了一段路之后，史方才停下来，擦了一下额头上的汗水，说：“还好，没被他看出破绽，否则就麻烦了。”

他们决定从村子的西面进村，那边比较偏僻，能够躲开巡逻的使者，还能尽量避免与村民照面，以免被举报。

西面有桃花源村最大的一个园林，穿过园林后可以悄悄进入村里。园林很幽静，在一个小湖边建有一个两层的凉亭，上挂牌匾“霞客亭”，难道这个凉亭是纪念徐霞客的？再往前走，经过逶迤曲折的小径、气势雄伟的石门、峥嵘挺拔的假山，就到了园林中部。这里有一个造型别致的亭子，上书“方竹亭”，亭子外观八方八角，内为穹窿顶部，周围全是生机勃勃的翠竹，竹干竟然真的是方形的。再往前还有亭台楼阁，荷池幽香，小桥流水，如画美景尽收眼底。到了园林尽头，他们又看到一个两层的亭子，牌匾上是“道元亭”三个镏金大字，这可能是纪念郦道元的。

咦，桃源村人是怎么知道《徐霞客游记》作者徐霞客和《水经注》作者郦道元的呢？他们可都是历史上著名的地理学家哟！

这一路上，他们左弯右拐，没有遇到使者和村民，孔飞和莫雨也开了眼界，长了知识。

来到园林的边缘，前面是进村的路。

“你们跟着我来，这样才不会被使者发现。”史方提醒道。

史方带着孔飞和莫雨左拐右绕，似走八卦迷宫，最后总算来到了一座小巧精致的四合院前面。他们进了四合院，一个和史方一样高大的女子跟了上来，“哥哥，你回来啦？”仔细一看，她的脸胖嘟嘟的，白里透红似桃花，真的还是个七八岁的小孩。

“他们就是你说的好朋友吗？”女孩子问道。

“谢谢关照，给你们添麻烦了。”孔飞和莫雨不忘礼节，向女孩作了个揖。

“稀客呀！真是稀客。”女孩惊奇地看着两人，似乎在看珍稀动物一样。她有点失望地说道，“哥哥，他们与我们好像差别很大啊！怎么这么矮，长得像老人一样。”

“他们是外面来的客人，要有礼貌。”史方对女孩说道。

“我叫史圆，欢迎你们来我家做客。”女孩介绍自己。

“我叫孔飞，她叫莫雨，是我的邻居，我平时叫她‘小喜鹊’。”孔飞也作了介绍。都是同龄人，但是在史方和史圆面前，他们觉得自己很瘦小。

“缘分天注定，那我们就是好朋友啰！”史方说完后。四个人纷纷伸出手来握在一起，可是孔飞和莫雨的手真的是小得可怜。

“史方、史圆，这么高兴，来客人啦？”这时候从外面进来了一个中年男子。

“是的，爸爸，有稀客，就是他们两个。”史方介绍说，“这个叫孔飞。”

“这个叫莫雨。”史圆也抢着说道。

“啊！你们是外面闯入我们村的人？你们是怎么进来的？”这中年男子比史方要矮得多，但也有一米八左右，只见他眼睛睁得圆鼓鼓的。

“史先生好，请多关照。”孔飞和莫雨上前鞠躬道。

“是的，爸爸。”史方把自己如何在洞穴中发现孔飞和莫雨的事如实说了一遍。

“嗯，真麻烦，这可违反了我们桃花源村不许外人进入的村规，要是被长老院发现，后果就难以预料了。”中年男子眉头皱成了一个几字，“哎！不过来者都是客，我们全家人都欢迎你们到桃花源村来做客。”

“叔叔好，请多关照。”孔飞和莫雨再次向中年男子鞠了一个躬说道，此时他们有了一种宾至如归的感觉。

大家进了客厅，孔飞忽然发现，在宽敞的客厅中堂，竟然供奉着孔子的画像，画像两边是“仁义礼智信”和“温良恭俭让”的对联。

“孔飞哥，你的老祖宗。”莫雨也看到了。

孔飞此时已经走上前去，对着孔子画像深深地鞠了一个躬。

“你这是？”看到孔飞行此大礼，史方他们不由问道。

“噢！史先生，我是孔子后裔。”孔飞解释道。

“失敬，失敬，想不到在我们村还能见到外面来的孔子后裔。”史先生连忙拱手道。

“不敢当，不敢当，史先生，你可是长辈。”孔飞回礼道，“可是我不明白的是，你们家为什么也供奉着孔子的画像呢？”

“说来话长，我们坐下来慢慢谈吧！”史先生说道。

大家分宾主落座。史方家窗明几净，摆设全是木质家具，窗户上糊的是白纸，没有玻璃，一点儿也感受不到现代化的气息。孔飞和莫雨十分纳闷，既然村里都有了智能机器人了，为啥村民家中却没有一个电器？这是一个古朴与现代交融、矛盾与和谐共存的村子。不过细心的他们还是有所发现，一是靠着门的墙面上装有一个带按钮的长方形屏幕，这不是视频对讲系统吗？另外让他们吃惊的是，茶水是用一种黄绿色的液体作燃料煮的。

“我叫史伯，是我们村子学习院的院长，专门负责孩子们的教育。”中年男子自我介绍道，“据我村《祖录记》记载，自我祖上避秦时乱，率乡人建村于此之后，即与外人断绝了来往。”

“爸爸，除了孔飞和莫雨他们，真的没有外人来过吗？”史圆好奇地问道。

“有的，我们学过一篇古人写的文章《桃花源记》，讲的是东晋孝武帝太元年间，武陵郡一个以捕鱼为生的人到过这里，是吗？”孔飞抢着说道。

“其实到我们村来过的外人不止那渔人一个。”史方接过孔飞的话匣子说道。

“对，《祖录记》记载外人到访我们桃花源村的事件有三次，除了渔人那次之外，在我村建村八百年时一个叫郦道元的来过、建村一千八百年时一个叫徐霞客的来过。我们村为此专门建了两座亭子纪念他们，一个是道元亭，一个是霞客亭。”史伯说道。

“哦！我们来时的路上见过这两个亭子。”孔飞和莫雨恍然大悟，他们当时还琢磨这两个亭子名字的含义呢！

“可是史先生，我们的史书上并没记载过郦道元和徐霞客曾到过这里，他们的著作《水经注》和《徐霞客游记》也没有描述过这里啊！”孔飞又问道。

“是的，来过此地的人，临走时都要承诺不能对外人透露这里的情况。他们是学者，也是君子，信守了诺言，值得我们尊敬。”史伯说，“唯有这个渔人不遵守诺言，回去之后告诉外人，真是自寻烦恼。”

“史先生，近三千年时间，难道外人仅仅来过三次？”莫雨听得津津有味。

“怎么说呢？其实，还有两个外人到访过，但《祖录记》上没有特别记载，只是村民口口相传下来，那就是老子和孔子两位老人家，他们与我们祖辈甚是交好。”史伯说道。

“哦，真的？两位都是先哲啊！”孔飞和莫雨惊叹道。

“据说我们先祖深受儒家学说影响，将尊孔崇儒作为我村的优良传统，并以儒家思想治村，孔子是大圣人，在我们村的地位是至高无上的，建村后不久，先祖就建了孔子祠，位于学习院内，孔子祠有孔子塑像，每年新生入学和毕业生毕业，都会举行隆重典礼，向孔子塑像行三个鞠躬礼，所以你看到家家户户都供奉着孔子画像，就不会感到奇怪了。”史伯说到这里，喝了口茶，忙欠身道，“哎呀！你看，我说得太多了，慢待了我们孔圣人的后代啦！”

史方和史圆都呵呵地笑了起来，客人到家，大家都只顾着说话了。

“我一会儿去营养中心将食品领回来，大家一起吃完午餐再说吧！史方和史圆在家里，可不能冷落了几百年来再次光临我们村的客人哟！”史伯说完就出去了。

“营养中心是干什么的？”孔飞问道。

“营养中心就是我们村的食堂，是负责全村村民一日三餐的地方。”史方解释道。

原来他们村还在吃“大锅饭”呢！孔飞想。

“我们村实行的是自动配餐制。每年村里的医务院会给村民进行一次体检，然后营养中心会根据体检结果为每个村民自动生成其所需要的营养食品。”

“免费吃饭吗？”莫雨好奇地问道。

“村民生活上一切必需品，都是村里免费提供的，大家没有区别。”史方说。

“住的也免费？”莫雨问道。

“是的，房子都是由村里统一建好分配的，就是家里的生活设施也是由村里统一提供的。”

“总有不同的吧？”孔飞插嘴问道。

“有啊，我们的学习和工作都不同。”史方回答道。

“对，我读的是医学，长大了做医生，我哥读的是工学，长大了做工程师。”史圆这时候也不甘寂寞地说话了。

“长老院会对每个人的智商、情商、财商，以及胆商、逆商、灵商、法商等进行检测和综合分析，最后决定每个小孩学习什么，长大了干什么，让每个人的专长和智慧都得到最大程度地发挥。”这时候，史伯进来了，他接过话来解释道。

“难道你们外面的世界不是如此吗？”这回轮到史方提问了。

“哎，我们没有自主权，大人叫我们学什么，我们就学什么，真的很无奈。”孔飞嘟着嘴说。

“是啊！我长大后想做一个舞蹈家，爸爸妈妈却叫我做一个医生，哎！”莫雨叹了口气，接着说道。

史伯将几个盒子打开，里面是许多紫红色面包和纽扣大小的点心。这就是桃花源村村民的午餐？能吃饱吗？孔飞和莫雨不敢相信。

另外一个袋子装的是什么呢？他们想。

“还好，我们模范村民每天还可以选择其他食品，我今天给大家领回了鸡蛋和烤鸡腿。”史伯笑道。

“我的爸爸妈妈可都是模范村民，所以我们吃的东西可丰盛啦！”史圆自豪地说道。

“妈妈不回家吃饭啦！老人院的老人们还需要她这个院长照顾呢，我们吃吧！”史伯说道，“哦，向两位小客人介绍一下我们的食品，这种紫红色的叫能量包，这圆形的丸子呢，我们叫它营养素。”

“你们可不要小看能量包，有些人吃一片就全天不饿，而营养素是针对每个人的体检结果做成的，不同的人的营养素配方也不同，也就是说你身体缺什么就给你补什么。”史方在旁边补充说。

除了营养素是史伯一家三口人专用外，其他的食品，大家就一起吃掉了。能量包入口即化，一股淡淡的蜜甜和清香久久地留于口中，这是孔飞和莫雨第一次尝到桃花源村的美食。

“真好吃，真好吃。”他们一边吃一边赞不绝口。

“在营养中心，我听到了一些村民在议论，说有陌生人闯进了我们村子，不知道是谁走漏了消息，我们可要当心了。”吃完午餐后，史伯的眉头又皱了起来。

“史先生，给你们家添麻烦了。”孔飞和莫雨站了起来，心中惶恐不安。

史方在头脑中搜索着来时路上的各个细节，一时也想不出哪里出了问题，难道是隆先生对他们产生了怀疑，举报了他们？哎！真是太大意了，他在心里不断地责备自己。

一股紧张的气氛慢慢扩散，大家都沉默不语。

四　智斗使者

等使者们消失在街角转弯处之后，史伯才再次关上了门。刚才真的是虚惊一场，他用手擦了一下脑门上的细汗，然后回过头来感慨地说：“看来，我们长老院的使者越来越智能了，跟真人的差别越来越小。”

“余人各复延至其家，皆出酒食。”难道《桃花源记》所说之事纯属虚构？

“我不相信，史先生，村民难道会害怕我们的到来吗？”孔飞打破了沉默，问道。他从史伯一家人的热情招待中看不到有任何的危险。

“你们可知道，为什么村民听到有外界的人来了会那么紧张吗？”史伯反问道。

“怕我们打扰你们的清静生活吗？”孔飞说道。

“那自然是一个方面，不过这不是主要的，在我村历史上曾经发生过一次空前的大灾难。当时村民认为，这次灾难就是外界之人带来的病毒引起的。”

是谁带来的病毒呢？没有多少外人来过桃花源村啊！难道是那个渔人？孔飞想。

“发生了什么灾难呀？果真有这么厉害吗？”莫雨好奇地追问道。

“据我村《祖录记》记载，在四百年前，我村受到外来‘大头瘟’的凶猛入侵，由于灾难来得太突然，全村的村民都措手不及。”史伯说到这里眉头紧蹙，声音低沉，“病人最初的症状是腹股沟或腋下出现淋巴肿块，然后四肢或身体其他部位出现青黑色的疱疹，患病的村民会突然跌倒后死去，患病的村民基本上挺不过三天时间就会死去。”史伯叹了一口气继续说道，“那个时候，整个桃花源村被死亡的气息所笼罩，村民不知道死亡之神何时会降临到自己头上，大家眼中露出的全是惊恐和绝望。这一场大灾难，致使我村三分之二的村民死亡。”

不管是孔飞、莫雨，还是史方和史圆，听到这段惨痛的历史，眼中都饱含悲伤的泪水。

“原来是这样。”沉默了好一会儿，莫雨才擦了一下眼睛，说道。

“太悲惨了。”孔飞说道。

“这一次灾难发生后，我们的村民痛定思痛，将村规作了一次大修改，其中第八条由原来的‘不欢迎外方人士做客桃花源村’修改为‘禁止外方人士进入桃花源村’，所以当村民们听到有陌生人闯入我村时，自然会紧张起来。”史伯说道。

“这可是一竹竿打死一船人啊！”莫雨撇着嘴说道。

“也许你们都在想，究竟是谁将这可恶的病毒带入桃花源村的？”史伯继续说道。

“是那个渔人吗？”莫雨问道。

“不，渔人来我村做客是一千五百年前的事，而灾难发生于四百年前，是另有其人。”史伯否定道。

“那是谁呢？”孔飞问道。

“就是前面我提到的徐霞客先生，因为这次大灾难的发生，就是在徐霞客到访我村之后不久发生的，所以当时村民都怀疑是他将‘大头瘟’带进我村的，但是经过长老院长期调查后，村民才知道这其实是一场误会，原来这一场灾难是由外来的老鼠携带病毒侵入我村导致的，这‘大头瘟’就是今天所说的鼠疫。”史伯回答道。

“你说的这事我倒知道一点。我曾经看过有关书籍谈到我国古代的几次大灾难，其中就有讲到，明朝崇祯年间鼠疫肆虐，南北数千里，北至塞外，南逾黄河，十室九空，真是恐怖至极，不少地方人都死光了，连埋尸人都找不到，而徐霞客也正是生活在那个时期。”孔飞说道。

“如果是这样的话，就对得上了，看来当时外界发生的那一场空前的大灾难后来也波及我们村，这里虽然是世外桃源，也未能幸免于难啊！”史伯不由感慨万千。

“爸爸，后来呢？我们村还剩下多少人啊？”史圆像是听传奇故事一样，对故事的结尾感到十分好奇。

“据《祖录记》记载，灾难发生前，我们村有二百三十户，八百一十七人；灾难结束后，仅剩下五十六户，一百八十三人。”史伯的眼睛里流露出一丝别人难以觉察的伤感。

这是一段悲惨的历史，孩子们听完后，一时都不再吭声。

“再后来呢？”史圆过了好一会儿才问道。

“说起来这得感谢老子，是他来到我们村，让患病村民吞服一种绿色药丸，村民就奇迹般地康复了。”

“你说的是老子？老子不会死？”孔飞不解地问道。老子是春秋时的人物，如果四百年前还在世的话，起码有一千五百岁以上了，这怎么可能啊？他内心十分纳闷。

“《祖录记》上是这样记载的，应该不会有错。”史伯回答道。

“那后来呢？”史圆刨根问底。

“村民自然对老子感恩戴德，都知道老子在荒岛清修，所以就把荒岛列为禁地，不允许村民进入。”

“如果能见老子一面，该多好啊？”孔飞和莫雨突发奇想。

“小多多应该见过老子。”史方说道。

“小多多在荒岛生活，偶尔遇到异人并不奇怪。”史伯也相信史方说的话。

“你们在说什么啊？那么热闹的。”这个时候，从外面传来一个清脆的声音，紧接着一位漂亮的中年女子走了进来。

“妈妈回来啦！”史方和史圆高兴地过去抱住女子，女子的身高只到他们腋窝处。

“这是我的爱人，叫智瑶。”史伯说道。

“夫人，你好。”孔飞和莫雨一起站了起来，鞠躬以示礼貌。

“听说是孔圣人的后裔来了，这可让寒舍蓬荜生辉哟！”中年女子围着孔飞和莫雨，前后左右看了几遍，看不腻似的。

史伯此时对孔飞和莫雨作了介绍。

“就是矮了一点儿，还是小孩子，想不到几百年后，我们桃花源村再次有外人光顾，而且还是圣人之后。”她热情地拥抱了孔飞和莫雨。

“夫人，我们不是小孩子了。”莫雨嘟着嘴说道。

史伯和智瑶笑了起来。笑完之后，史伯忽而忧心地说道：“不知道这是不是天意？”

“我们来到这里纯属偶然，没有恶意，还请你们多多关照。”孔飞和莫雨解释道。

“那么单纯的两个小孩，怎么会有恶意呢？”智瑶嗔怪道，“不过许多村民对你们的到来议论纷纷，我相信长老院这时候也知道了消息，他们会很快派出使者对全村进行搜查的。”

“长老院这样做，也是为我们村的安全着想。”史伯说道。

“那会将我们抓起来处死吗？”孔飞和莫雨紧张地站了起来。

“按村规有这种可能，但得由长老院开会决定。”史伯说道。

“孩子们请坐下，你们也不用过于紧张，使者不会那么快到来，我们还有时间商量应对策略。”智瑶安抚他们说。

“我们给你们全家添麻烦了，要不我和莫雨现在就回家吧！”孔飞沮丧地说完，然后拉起莫雨就要出去。

“孩子们，你们现在是回不去了，外面到处都可能会遇到村民，你们现在出去随便乱闯，那肯定不行，况且长老院派出的使者估计已经出发了。”史伯说。

“我在想，孔子在我们村可是大圣人，在村民心目中的地位是至高无上的，而孔飞是圣人的后裔，只要跟村民说明白，与长老院沟通好，即使把你们都抓起来了，相信也不会有什么生命危险。”智瑶说。

“所以一定要让村民都知道，误闯入我们村的是孔圣人之后，我们要向长老院据理力争，全力保护他们。”

“既然后果难以预料，现在风声又那么紧，我想最好的办法就是我先带他们到荒岛上避一避。”史方还是觉得荒岛安全，因此向爸爸妈妈提议道。

“这主意好，有小多多在荒岛那边照应，我想长老院也不会让使者随便上去搜查的。”史伯称赞史方点子多。

“好吧！这也是没办法的办法。”智瑶觉得现在也只能这样安排了，接下来只有和长老院协商沟通好，他们才能安全回来。

“不能再拖延时间了”。史方带着孔飞和莫雨站了起来。

“谢谢你们一家人的关照，我们就到荒岛那边等你们的好消息了。”孔飞和莫雨一起向史伯和智瑶鞠躬后，又与史圆拉了一下手，就跟着史方出去了。

史伯夫妇叫上史圆，各自拿起工具打扫卫生，整理好内务，将一切恢复成原来的样子。

他们刚刚做好这一切，门旁那个屏幕就响起“嘀嘀嘀嘀”的警报声。不一会儿，那个红面具长老便出现在屏幕当中，他说道：“有村民举报，今天我村有外方之人进入，我村的安全受到严重威胁，长老院决定派出所有使者对全村进行大搜捕，请村民马上回到自己家中不要外出，以免受到不必要的伤害。”

史圆毕竟还小，第一次听到这样的警报声，紧张得与妈妈抱在一起。

“不用怕，孩子，你也看到了，来我们家的小客人和你们一样，都是那么纯洁可爱，他们怎么会伤害我们呢？”智瑶安慰道。

“不会的，当然不会的，我们都是好朋友啊！”史圆说道。

“爸爸妈妈一定会尽全力保护他们，我们都不会有危险的。”史伯举起手来抚摸了一下史圆的头。

就在这个时候，屏幕又亮了，可以看到使者站在家门口。

“史先生吗？我们奉长老院的指令到你们家进行搜查，请你们配合。”使者很有礼貌地说。

史伯打开家门，看到除了两个使者之外，还有一个人，那就是隆先生。他本名叫隆盛，是一个好事之人，村民都对他比较反感，看来举报孔飞和莫雨两个孩子的人就是他了。

“哦，隆先生也来了，请进吧！”史伯做了一个请的姿势，然后与智瑶、史圆站到了一起。

“史先生、智女士，给你们添麻烦了，我看到是你家史方带了两个陌生孩子进村，所以报告了长老院，我也是为全村的安全考虑啊！”隆盛一脸谦逊地说道。

“应该的，应该的，隆先生。”史伯和智瑶赶忙说。

两位使者进来后，一位直接进了房间仔细搜查去了，另一位则来到他们跟前，叫大家伸出右手，睁大眼睛，然后用自己的眼睛盯着一一进行扫描，他的身体里面也发出一阵阵“嗞嗞嗞”的响声。

史圆看着这一切，紧张得手心都湿了。

“你们都是合格村民，谢谢你们。”这位使者检查完，面无表情地站到一边，不再走动。

史伯和智瑶这时候有些担心客厅的茶杯，他们会查出什么证据吗？

使者打开胸前一个圆形的盖子，露出透着蓝色光芒的仪器，然后逐间搜查房子。仪器断断续续地发出“嘀嘀嘀”的响声，蓝色光芒一闪一闪地照亮使者要搜查的地方。

过了好一会儿，那位使者才检查完毕。

使者的脸虽然和人的十分相似，但是其表情却十分生硬，喜怒哀乐没有明显变化，看似非常冷静。机器人就是机器人，他虽然不是人，但是他的思维能力与人很接近，有些方面甚至有过之而无不及，真的让人心生恐惧。史伯在学习院做院长，是资深教授，很了解这些研究院造出来的使者。

以人类的智慧创造出堪比人类的人工智能，这对人类来说是一个极具诱惑力的领域，研究院的专家为了实现这一梦想已经奋斗了很多年，也取得了极大的成就。史伯这种有识之士却对此颇为担忧。最近几年，他不断地向长老院呼吁，要重新评估研发智能机器人的风险，但是没有得到长老院的重视，智能机器人研发制造的脚步根本停不下来。

“你好，史先生，请教一个问题，每个家庭都有一男一女两个小孩，你家那个男孩子呢？”

“还没有回家。”史伯机智地回答道。

“我看到小史方和那两个陌生的小孩子进了村子，难道没有回家？”隆盛插话道。

“哦！是的，隆先生，这孩子真贪玩，不知道躲在哪里玩呢！”智瑶假装生气地说道。

使者看问不出什么问题，就用鼻子挨个闻了每一个人，过了好一会儿才说道：“你们家有生人来过吗？”

“不不不，没有其他人来过，那可能是我的香水的味道。”智瑶说完，从手提包里拿出一瓶香水在使者面前喷了一下。

那个使者顿了一顿，摇了摇头，然后又点了点头，有些不知所措。

“好的，谢谢史先生配合，打扰了你们的安静生活，对不起。”过了好一会儿，这个使者才回过神，客气一番后就离开了。

“使者先生，他家孩子没回来啊！”隆先生看使者没理睬他，只好跟着出去了。

史伯走上前去关了门，一家人才松了一口气，刚才忐忑不安的心总算静了下来。

“这一关算是过去了，但是接下来我们怎么办呢？”智瑶说道。

“是啊！总得想一个两全其美的办法。”史伯也在思考这个问题。

正在他们坐下来想安静地思考对策的时候，忽然屏幕又亮了起来。

“使者怎么又回来了？难道他们真的发现了什么吗？”智瑶紧张地说。

从显示器上可以看到，刚才那两个使者又折返回来了，站在了家门口。

“你们都坐好，不用紧张，我去开门。”史伯镇静地摆了一下手。

门打开来之后，那个搜查房子的使者礼貌地向史伯点了一下头，然后说道：“史先生，忘记跟你说，你家那男孩回来后，必须去长老院接受审查。”

“哦，是吗？好的，好的。”史伯连忙说道。

“史先生，你是我们村的模范村民，又是学习院的院长，我相信你是无辜的。”使者说这话真有点意思。

“谢谢使者的提醒和关照。”史伯向使者鞠了一个躬，表示感谢。

“那好吧，打扰了你们的平静生活，我们这就走了。”使者向史伯点了一下头，然后离开。

隆盛站在远处看着这一切叹了口气，摇了摇头也回去了。

全村现有一百六十八户人家，六百七十二人，长老院共有使者四十个，如果全部派出去对全村进行搜查，够他们忙上一阵子的。

这一次大搜查，也是桃花源村几百年来规模最大的一次行动。似在平静的湖面丢下了一块石子，泛起阵阵涟漪，村民们的安静生活受到了不大不小的惊扰。

等使者们消失在街角转弯处之后，史伯才再次关上门。刚才真的是虚惊一场，他用手擦了一下脑门上的细汗，然后回过头来感慨地说："看来，我们长老院的使者越来越智能了，跟真人的差别越来越小了。"

"是的啊！现在育婴中心、营养中心、医务院，还有老人院等许多地方，都启用智能机器人啦！"

"这当然是好事，减轻了我们村民许多工作负担。"

"好啦！不谈这些了，我们来商量一下如何与长老们沟通的事吧！"

"我想了一下，单独靠我们一家人的力量，是说服不了长老院的，我们不是还有许多村民代表吗？可以联名上书长老院，一起来解决这件麻烦事。"

"对，这办法好，就这样办吧！"

……

史圆因为刚才受到惊吓，平静了一会儿已躺在卧室里的床上睡着了。

五　育婴中心

进了后院，他们来到一个房间前，从窗户往里面瞧，只见地面上铺着蓝白相间的地毯，里面放着一张床，一张约十米长、三米宽的米白色长桌，上面放着十个玻璃箱子。每一个玻璃箱子都垫着粉红色的毛毯，连接着一条白色的管子，旁边的仪器一直在闪烁不停。让他们感到惊奇的是，其中八个玻璃箱子里都躺着一个婴儿，且婴儿都睡熟了，看那表情，似乎都很幸福、很享受。

阳春三月，桃李芬芳，桃花源村处处都洋溢着春天的气息。然而让人感到十分不和谐的是，村里的扩音喇叭不停地发出警告，在大街小巷中除了偶尔能见到三三两两的使者在挨家挨户搜查之外，四下空无一人，一片死寂。

当史方带着孔飞、莫雨从家里出来后，外面的形势已开始紧张起来，为了不被村民及长老院的使者们发现，史方决定带着孔飞和莫雨拐到村子后面的垃圾处理中心暂时藏一会儿。

“臭吗？”莫雨捂着鼻子说。

“不臭的，这是一个密封的生物分解垃圾的地方。”

真的没有一点儿臭味，只见地面和墙面都十分洁白干净，就连苍蝇都没有。里面没人，只有操作台上的仪表在不断闪烁。整座建筑外观和村子的房子一样，粉墙青瓦，很难看出这是处理垃圾的地方。

他们藏在里面，你看着我，我看着你，一时无事可做，十分无聊。

“孔飞哥，我现在想爸爸妈妈啦！”莫雨嘟着嘴，看着这白得有些寒碜的房子说道。

“‘小喜鹊’，我们很快就能回去的，不用担心。”孔飞安慰道，其实他何尝不想家呢！

“你们真幸福，从小就有亲人关心自己，真羡慕你们外面的人。”史方叹了一口气说道。

“你也有爸爸妈妈关心呀，史先生和智瑶夫人是多好的人啊！”莫雨说。

“那也是，不过你们理解错了，我没有亲生父母，就是爸爸妈妈也没有亲生父母，我们都是育婴中心生产出来的婴儿，后来分配给各个家庭的。每个家庭会分到一个男孩子和一个女孩子。”史方说道。

“怎么会这样呢？”孔飞和莫雨的眼睛睁得铜铃一样大，他们感到桃花源村所有的事情都是怪怪的。

“我也不清楚，不过我们村是很公平公正的，所有人都没有区别。”史方说道。

话说到这里，大家一时无言，似乎都在沉思。

“要不，我带你们去看一下我们村的育婴中心吧！我曾经偷偷地去过那里。”过了一会儿，史方提议说。

“好啊，可是现在能去吗？他们正在搜查我们啊！”孔飞不无担忧。

“孔飞哥，史方熟悉这里，他带我们去，应该不会有危险。”莫雨也被好奇心驱使着，她真的想去育婴中心探个究竟，桃花源村是怎么样造人的？

“走吧！时间过去那么久，他们应该不在附近搜查了。这里距离育婴中心并不远，你们跟着我来就是。”史方说道。

“好啊！”孔飞和莫雨兴奋地站了起来。全村的孩子都在这里诞生，那和工厂有什么区别，他们都感到这个地方越来越神秘。

出了垃圾处理中心，他们探出头，看到外面空无一人。

史方确实很熟悉村里的情况。一路上，他带着孔飞和莫雨，一会儿蹲着，一会儿猫着，一会儿快速前行，一会儿又匍匐爬行，在村子里左拐右弯游刃有余。孔飞觉得自己像极了电影里的侦察兵，而莫雨却觉得十分别扭，自己这是在做贼吗？

育婴中心坐落在一个小山包下，外观和普通村民家的住宅没有两样，是由几个四合院组成的，外面有围墙，占地面积很大，里面有许多房子。院子里面种着几棵高大挺拔的银杏树，微风吹拂，扇状小叶“哗哗”作响，似要打破这让人忧心的寂静。

史方带着孔飞和莫雨来到育婴中心后院外。史方轻轻地拉开一扇窗，将孔飞抱到窗台上，等孔飞跳进去后，又将莫雨抱到窗台上，让孔飞接她下去，最后史方才吃力地钻进窗户，虽然他很粗壮，但也刚好能进来。

进了后院，他们来到一个房间前，从窗户往里面瞧，只见地面上铺着蓝白相间的地毯，里面放着一张床，还有一张约十米长、三米宽的米白色长桌，上面放着十个玻璃箱子。每一个玻璃箱子都垫着粉红色的毛毯，连接着一条白色的管子，旁边的仪器一直在闪烁不停。让他们感到惊奇的是，其中八个玻璃箱子里都躺着一个婴儿，且婴儿都睡熟了，看那表情，似乎都很幸福、很享受。

那些玻璃箱应该是恒温的吧？在产科医院里，早产婴儿都会被放入箱子，那管子一般连接着氧气瓶。

“嘘！别出声，往下看。”史方用食指在嘴巴上比画了一下。

他们急忙屏住呼吸蹲了下来，一动也不敢动。这时候一阵脚步声传来，由远而近，不一会儿就到了跟前。

“文先生，今年我们育婴中心的任务总算完成了。”

“不，还不能这样说，兰小姐。”

“我的理解错了吗？”

“我们村每年的育婴任务是十个，其中五个男的、五个女的，这没错。现在数量是对了，但是要说任务完成了，那还早呢？”

“为什么呢？”

“每个婴儿必须得到细致入微的照料才能健康成长，满周岁后，我们才能交到村民的家中。”

“是的，文先生。”

“你刚参加工作，要学的东西还有很多很多，我们可千万别忘记十年前流放婴儿的事件。”

“你说的是那次复制失败的事情吗？我听说过。”

“是啊，那个男婴出生后，两只手不是都多了一个小指头吗？”

“听说出了点儿小差错，真的是百密一疏啊！”

“我们的复制技术都很成熟了，如果还是出现这样的差错，那就是我们育婴师严重失职。”

他们悄悄地露出头往里看，只见从外面进来的是一高一矮的两个人。他们身穿白色大褂，戴着帽子和口罩，手臂上抱着一个用柔软的毛毯包裹着的婴儿。来到最后两个玻璃箱的跟前，他们打开毯子，将婴儿小心翼翼地放进了玻璃箱里面。

“文先生，学生我知错了，任何工作都应该精益求精才对。”

“兰小姐，每一个婴儿都有生存的权利，都是值得爱护的生命，不是吗？所以我们育婴师的工作可不能再出半点差错了。”

“学生一定谨记先生的教诲，做一个出色的育婴师。”

“哎，现在想起来，那婴儿如果还活着的话，也该是个十岁的孩子了。”

“是的，文先生，不过你也没必要过于自责。”

“不，这可是我们育婴中心的耻辱，那次育婴事件后，我每天都是在自责中度过，我无法原谅自己。”

“文先生，我也很难过。”

史方他们再次悄悄地蹲了下来。通过两人的对话，他们知道了小多多的苦难经历。

孔飞和莫雨从小到大都生活在幸福的家庭里，没有遇到过什么挫折，他们都在想，与刚出生就被抛弃的小多多相比，自己对父母、生活还有什么可埋怨的呢？

房子里，两个育婴师给每一个婴儿都称了体重、量了身长，还进行了体格检查，并将检查情况认真做好了记录。

“兰小姐，宝宝们都长得非常健康，接下来，你还要继续按时密切观察他们的生长状况，有什么问题要及时报告。”

“好的，文先生，我会的。”

说完话后，他们一前一后离开，那些婴儿仍然安详地在保温箱里面熟睡，有些脸上还露出了浅浅的笑容，似乎十分满意来到这个世界。

等那两个人走远后，孔飞担心地问道：“史方，你的好朋友小多多如果知道他出生后的遭遇，会有多难过啊！”毕竟刚才的一幕对他的心灵也是个不小的打击。

“我想，难过也是一时的，毕竟他经历了那么多的苦难，这没有什么了不起的。”史方想了想说道。

“小多多，你不用担心，我们都是你的好朋友。”莫雨对着天空说道，小多多在她的心里早就是朋友了。

“真的谢谢你们，他虽然被长老院抛弃了，但是在荒岛却有幸被抚养成人，现在他还有了你们这些好朋友，他肯定不会孤单的。”史方笑着说道，“走吧！我们再到前面看一看去。”

他们继续往前面走，不一会儿，就到了另一间房子。这间房子没有人，看来是一间实验室，里面摆放着各式各样的仪器和设备，墙边还有一排一排的柜子，放着许多贮存着不同颜色药水和药粉的广口瓶，有些药水里面还浸泡着各种人体器官，有一个瓶子甚至还浸泡着一个婴儿尸体，整间房子显得十分阴森恐怖。

“孔飞哥，我很害怕，我们还是离开这里吧！”莫雨一脸恐惧地说。

“史方，既然莫雨害怕这里，我们就离开育婴中心吧！”孔飞说道。

“嘘！听听，等一下，有人过来了。”史方向他们摆着手说道。

一会儿门开了，进来了三个人，前面一个是戴着眼镜、头发花白、精神矍铄的老人，后面跟着的是两个二十岁左右的年轻人，他们也一样穿着白色大褂。

“这是我们的实验室，我们许多关键的复制技术难题就是在这里通过无数次的实验之后攻克下来的。”老人介绍道。

“卫先生，你对我们桃花源村的贡献真的是太大了。”年轻人说。

“不要讲恭维的话，年轻人，你分配了什么工作，就要尽职尽责。”

“卫先生教导得对，我们都知错了。”

“年轻人，我们村自建村以来，从不与外界通婚，导致人口质量不断下降。”

“卫先生，为什么我们从不与外界联系啊？”

“外面的世界充满了杀戮、欺骗、谎言、贪婪与破坏，这是我们祖先在秦朝时就躲避于此，不与外界联系的主要原因。”

“原来如此。”

“但是年轻人，由于我们村长期以来不与外界联系，人口质量在下降，那怎么办？攻克无性生殖技术难题就摆在了我们育婴中心的面前。”

“无性生殖技术？”

“对，就是不经过两性生殖细胞结合，直接产生新个体的生殖方式，我们首先的技术突破就是通过人工授精和胚胎移植产生后代，而且在受精卵发育成胚胎阶段进行分子生物学诊断，筛查全部染色体，如果查出异常胚胎就将其废弃，选择正常胚胎移植获得健康婴儿。”

“那我们村人口质量就有了保证了。”

“不，你们错了。”

“错了？”

“是的，在一个时期，这确实保证了我村人口的质量，但是不久我们发现，这还是无法百分之百地保证获得健康婴儿，因为这种技术还是离不开卵细胞，而这正是我村最大的问题。”

“千百年来都是本村人与本村人结婚，那与近亲结婚没有两样啊！”

“对，就是这个意思，所以我们才研究不通过卵细胞繁育后代的技术。”

“不通过卵细胞繁育后代？这可能吗？”

“你们看过《西游记》吗？古代神话中孙悟空用自己的毫毛变成无数个小孙悟空的离奇故事，表达的就是我们人类欲不通过卵细胞却能繁育后代的梦想。”

“卫先生，我们看过《西游记》，这是必修课，当时可没想到这还跟生育有什么关系。”

“那就是使用体细胞进行繁育后代，由于这种实验很复杂，刚开始时繁育出来的婴儿有残疾的，还有死胎的，但是现在的技术已经十分成熟稳定。”

两位年轻人听得很认真，这是村里分配他们到育婴中心工作的第一天，对眼前的一切他们都觉得很新奇。

孔飞和莫雨虽然也听得似懂非懂，但是都听得入了迷。卫先生说的这些不就是克隆技术吗？

“卫先生，你们老一辈医学家的敬业精神真值得我们年轻人学习。”

“你们过来看看，看到这药水浸泡的婴儿尸体了吗？这就是当初繁育出来的一个死胎。”

“卫先生，我想提一个问题，你不是说还有残疾的吗？那哪里去了呢？”认真看完那个婴儿尸体的标本后，年轻人忽然问起这件事。

“是的，那是十年前的事情了，可能你们也听到过那个婴儿被流放的事件吧？为了保证基因的纯净，对于基因残缺的婴儿，我村不得不将他抛弃了。”

“如果这个婴儿还在世的话，现在也该有十岁了，真可怜。”

“哎，科学发展过程中的牺牲有时是不可避免的，虽然我们心中也有一百个不愿意。”卫先生扶了一下眼镜，望着那个浸泡在药水中的死婴，深深地叹了一口气。

说完后，老人带着两位年轻人转了一圈，还分别介绍了实验室的管理制度以及其他情况，然后就一起出去了。

听到脚步声渐渐远去，他们深深地吸了口气，又缓缓地吐了出来，想不到这次育婴中心之行，竟然了解到了这么多难以置信的事情，特别是对小多多的身世有了全面了解。

六　特殊吁请

《吁请书》为四言体韵文，全文五百字，言辞恳切，回顾了建村两千余年的发展历史，既歌颂了先祖建村之贤德，记载了村民生产生活之变化，也反映了村民对外来客人之礼遇等，最后请求长老院发扬传统美德，以礼相待来访客人，寄托了村民们的殷切期望。

长老院派出的使者仍然紧锣密鼓地搜查各处，史方三人决定按原计划继续前往荒岛。

如何让村民知道闯入村里的外人是孔圣人的后裔，消除他们的不安，同时还能保护好这两个无辜的小孩子呢？史伯夫妇商量后，一致认为可以组织一次吁请行动，这样既可以让村民们了解事情真相，又可以一起陈情长老院，理性考虑和慎重处理孔飞和莫雨这两位外来的小客人。这个想法是可行的，因有这么一条村规："超过半数的村民联合上书反映的诉求，长老院必须无条件地接受。"这是对长老院权力的约束，防止长老们滥用权力。

桃花源村的历史上多次发生过这样的事情。

全村有村民六百多人，如果有超过半数的人签名支持的话，《吁请书》提出的诉求就有效了。史伯夫妇想，努力一下，这个目标应该不难实现。

说干就干吧！智瑶马上找出纸笔墨砚，而史伯也收拾好了书桌。两个人心有灵犀，相互配合，一番思考后，史伯即兴挥毫，墨尽章成。

吁请书

忆吾桃源，万千感慨。先世邑人，英明不彰。乱秦避难，寻此绝境。土地平旷，物产丰饶。开荒拓土，恩泽后世。美池良田，屋舍俨然。阡陌交通，鸡犬相闻。往来耕作，优游自得。黄发垂髫，自乐怡然。不复出焉，间隔外人。老子道德，上善若水。千载悠悠，安静如常。劫难飞来，邑人遭殃。治病救人，拯救吾乡。传道授业，技术奇高。恢复元气，自此辉煌。

今吾桃源，胜比仙境。青山绿水，置身园林。无污无染，洁净能源。科技运用，持续发展。居亦平安，食亦科学。疾有所医，老有所养。因人施教，学业专攻。壮有所用，幼有所长。知人善任，人尽其才。孔丘思想，为政以德。规则面前，无有差别。各取所需，各尽所能。讲信修睦，立德立人。管理有序，生活井然。

先祖基业，吾辈继承。二千余载，世代相传。客人远来，好礼相待。晋有渔夫，误入桃源。探吾村庄，大惊失常。皆出酒食，热情相邀。后有高士，相继造访。唐有道元，明有霞客。相隔千载，寄情山水。赞吾美景，叹吾良俗。扬吾村名，古德流芳。今有客人，圣人后裔。一女髫年，一男舞勺。幼年无恃，机灵乖巧。以礼待客，以德服人。宜礼宜和，方为主张。敬请长老，慎思谏言。道德仁义，非礼不成。慎终追远，民德归厚。

《吁请书》为四言体韵文，全文五百字，言辞恳切，回顾了建村两千余年的发展历史，既歌颂了先祖开疆拓土建村之贤德，记载了村民生产生活之变化，也反映了村民对外来客人之礼遇等，最后请求长老院发扬传统美德，以礼相待来访客人，寄托了村民们的殷切期望。

写好《吁请书》后，史伯和智瑶挨家挨户去找村民陈情签名。

桃花源村是一个园林式的村落，许多旧房子作为文物被保护起来，有茅草屋、竹片屋、夯土屋、垒石屋、砖瓦屋，全为平房。而现在村民所住的房子，充分利用周边天然地貌，依山就势，与自然山水巧妙地融合在一起。

史伯夫妇穿行于大街小巷之中，犹如置身于一个大花园里，跟以往不同的是，他们如今步履匆匆，哪有丝毫闲情逸致。

“应该不会有大问题，村民们个个都心地善良。”出发前，他们夫妇都充满了信心。自建村以来，村民深受儒家思想熏陶，怎么会忍心伤害两个无辜的小孩子呢？

史伯夫妇是多年的模范村民，在村民当中人缘极好，他们决定先找道德院院长颜正，他是孔子高徒颜回之后裔，在村子里威望极高，其学问高深、品德高尚，长老院议事，有时还会邀请他一起参加。如果他知道孔飞是孔圣人的后裔，能不同意吗？他同意了，那其他村民自然也会鼎力支持。

颜正家在村子东头的小溪边，小溪上有一座小木桥，门口是一株古柳，树龄估计也有千年，“霜皮溜雨四十围，黛色参天二千尺”，用杜甫这两句诗来描述这株古柳全不为过。小桥流水，桃花盛开，粉墙青瓦，古树参天，构成了一幅绝美的山水画。当史伯夫妇来到颜正家的时候，他正坐在古柳下的逍遥椅上悠闲地读着书。

“久违了，颜先生。”史伯与智瑶拱手行礼。

“史先生携夫人造访寒舍，有失远迎，请坐，请坐。”颜正赶忙欠身回礼。

一番寒暄过后，史伯说明来意，并将《吁请书》捧给了颜正。

“不愧为学习院的院长，才华横溢，文采斐然。”

“惭愧惭愧，颜先生乃颜回的后裔，学富五车，才高八斗，乃我辈学习之典范，我怎敢在你面前班门弄斧！”

“我们都不用说客套话了，其实刚见到你们，我就猜到你们的来意了。”颜正说道，“你想，长老院派出的使者还在全村挨家挨户地搜查，你们却跑了出来，那肯定是为这件事来的。”

“还是颜先生智慧过人。”

“我想，你们应该已经见过外面来的客人了，他们人呢？”

史伯和智瑶互相看了看，似有难言之语。说了，怕传出去之后，孔飞和莫雨被抓住，会有生命危险；不说，又如何取信于人，并得到颜正先生和其他村民代表的支持呢？他们心里十分纠结。

“好吧！这件事确实特殊，你们也很为难，我就不再追问了。”看到史伯夫妇支支吾吾的样子，颜正自然知道他们的为难之处。

“颜先生，其实我们已经把客人妥善地安排好了。”史伯夫妇解释道，“我们也不是故意要隐瞒，只是为了客人的安全考虑……”

“哦，明白，是我问得太唐突了，你们不必在意。”

史伯将孔飞和莫雨这两个小孩子如何离开父母，误入桃花林，然后穿越溶洞，进入长老院议事厅，最后怎么样来到桃花源村的情况大致地向颜正作了介绍。

“哎，这两个孩子也真莽撞啊！现在他们的父母应该着急得不得了。”颜正叹了一口气说，“为啥不及时送他们回去呢？”

“当他们想回去的时候，已经太迟了。隆盛看到了他们，于是向长老院举报了。”

“他们还能藏到哪里呢？要知道，这样密集地搜查，他们总会被查到的。”

“是的，可是有一个地方长老院暂时还不会想到。”

“哪里？”颜正很是惊讶。

“荒岛。”

“荒岛？”

“是的，颜先生。”史伯夫妇还是将孔飞和莫雨的藏身之处说了出来。

“史先生，你可知道荒岛是流放犯人的地方？那里是禁区，谁去了都是有去无回的啊！”

“我当然知道，可这都是真的。”史伯对颜正说道，“你可记得十年前有一个婴儿出生后因为多了一个小指头而被流放的事件。”

“是有这么一件事，当时我还参加了长老院的讨论。虽然我极力反对，但是长老院最终还是决定将这个婴儿流放到荒岛，让其自生自灭。”颜正说完后叹了口气。这件事他记忆犹新。

“对，就是那个婴儿，现在叫小多多，他并没有死，而且还顽强地生存了下来，现在已经长大了，而且还多次回到过村里。”

“真的？在荒岛可是九死一生啊！况且他还是婴儿，即使能活下来，又怎么可能渡过荒岛与我村相隔的那个难以逾越的宽阔湖面呢？”颜正摇了摇头，对史伯的话半信半疑。

“这就是奇迹，现在我就是让史方带着这两位外来的小客人去荒岛躲避，让那个小多多照应他们。”史伯觉得还是说实话好，他知道颜正先生是一个道德高尚的人，是可以百分之百地信任的。

“其实我也十分纳闷，客人在村子里是无法藏得住的，也只有到荒岛暂时躲避这一条路可走了。”

“是的，颜先生。”

“孔圣人云‘有朋自远方来，不亦乐乎’，我村先世也有热情接待外来客人的先例，更有道元亭、霞客亭以作纪念，而我等后辈难道反而无此宽广胸怀吗？”颜正对这件事有自己独到的见解。

“颜先生，这两个孩子中的一个就是孔圣人之后裔。”史伯顺着颜正的话说道。

“真的，那就太好了，孩子这回有救了！”颜正两手一拍动情地说道，“‘谁道群生性命微，一般骨肉一般皮’，何况是孔圣人之后，我想长老院也不能不慎重考虑。”

“颜先生深明大义，有了你的帮助支持，我们的吁请行动一定会成功。”史伯夫妇欠身表示感谢。

“为确保村民代表的支持，我建议利用‘云网’让村民来一次大讨论，争取村民广泛支持吁请行动。”颜正提出了一个好建议。

云网是桃花源村互联互通公众交流平台，是村民参与管理村务议事决事的重要途径之一。

颜正先生提出的这个建议无疑是对的，全村村民现在都知道长老院的使者正在搜查陌生人，知道有外人进入村子这件事，实际上也无秘密可言，当然也没必要藏着掖着了。

大家意见统一之后，史伯即刻将《吁请书》上传至云网交流平台，他们三个也签上了自己的姓名。

很快，云网交流平台热闹了起来。

“孔圣人的后裔来了？那多好啊！”

“真的？我真想看他们一眼。”

“无论如何我们都要将他们挽救下来，否则我们对不起先祖，也是对孔圣人的大不敬啊！”

“是呀！我们尊孔崇儒，今天却要除去孔圣人的后代，这难道不是笑话吗？”

“要支持吁请行动。”

“对，支持。”

……

在《吁请书》上签名的人不断增加，十人，五十人，一百人，三百人……史伯和智瑶十分激动，他们小声地念着：“三百三十人，三百八十人，四百人，四百二十人……”

“颜先生，有四百多位村民表示支持我们的吁请行动，已经超过村民数的三分之二，我们成功了。”史伯和智瑶兴奋地说道。

“对，我们成功了。”颜正站了起来，史伯夫妇也站了起来，大家互相握着手表示庆贺。

“颜先生，我们现在就将《吁请书》通过‘长老院直通车’发到长老院去。”

颜正点头表示同意。长老院在接收到这个信息后，应该很快就会召开会议进行讨论。

“不过，你们也不要高兴得太早，史先生和智女士。”颜正提醒道，“你们可否想过，你们的善良行动也触犯了‘不能有说谎欺骗行为’这条村规。”

“是的，我们知道，当长老院的使者来家搜查时，我们是说谎了。”史先生说道，“我们愿意接受长老院的处罚。”

“触犯三次村规，就要被流放啊！”颜正说道。

“谢谢颜先生提醒，其实我们心里是有准备的，我们也知道这个结果。”史伯夫妇当然清楚这意味着什么，“救人一命胜造七级浮屠”，有什么比挽救孔飞和莫雨这两个小生命更重要呢？

颜正没有说错，就在他们无比高兴的时候，长老院的两名使者过了木桥，来到他们面前。

“你们是史先生和智女士吗？”前面一位使者礼貌地问道。

“是的，使者，我们是。”史伯知道长老院迟早会来找他们，好在吁请行动已经顺利进行，没有了后顾之忧。

“请你们配合伸出右手并抬起头来。”使者说道。

使者对史伯和智瑶的指纹和眼睛进行了扫描，确认了两人的身份。

“史先生和智女士，在长老院派使者搜查外来孩子的时候，你们违反了‘村民不能有说谎欺骗行为’这一条村规，没有认真配合使者的搜查行动，长老院派我们来请你们去思过室，我们会照顾好你们的孩子。”

“请你们放心去吧！我会去探望孩子的。”颜正对史伯夫妇说道。

“谢谢颜先生的关照。”史伯和智瑶向颜正表示感谢后，再往荒岛方向望了一眼，他们想，此时的史方也该带着两位小客人顺利离开了吧！想毕，他俩就放下心来随着两位长老院使者走了。

颜正目送他们远去之后，叹了一口气，捧起线装《论语》重新坐了下来，然而眼睛却盯着脚下几朵凋零的桃花。他在默默地沉思。

《论语》是先祖留下来的古籍，记载的是孔子的重要言行，“仁、义、礼、智、信”是这本书体现的思想核心。

七　好友重逢

小多多静静地听着史方说话，眼睛则定定地看着火堆，他一句话都没有说。孔飞和莫雨看到，火苗映在他的眼里，一点亮光一闪一闪地，那是眼泪，但是小多多努力地含着，没有让它掉下来。

当史伯夫妇被使者“请”去思过室的时候，史方已经带着孔飞和莫雨离开了育婴中心，在前往荒岛的路途上了。

荒岛位于村子的西面，从村子出发，要穿过一片原始森林。

“森林中有一个山谷，那里建有我们村的老人院，要不我们也去看看。”史方征求孔飞和莫雨的意见。

“那不是你妈妈上班的地方吗？”孔飞说道。

“是的，我曾跟妈妈去过，不过那里都是村里的老人，没意思，我们小孩很少去那里玩。”史方说道。

“孔飞哥，反正路过这里，我们就顺路去看看吧！”莫雨总觉得这个村处处充满神秘。

他们哪敢从正门进去呢？于是又爬到山上从山谷的另一边摸了进去。这里溪水潺潺，飞瀑流翠，绿意葱茏，美景如画，是一个养老的好地方。在亭台楼阁和小桥流水间，不时可以看到三三两两的矮小老人在漫步徜徉，真如陆游所言：“老翁白首如小儿。”

其中一间红色房子在树林中格外引人注目，不时有年轻的护理人员带着老人进进出出，他们决定去看看。当他们悄悄地来到房子后面时，没有一个人发现他们的行踪。他们从窗户的缝隙往里偷窥，发现有几台跟电脑一样的仪器，但是没有键盘，只有一个“头盔”一样的东西放在桌面上。

就在这时，一个年轻的工作人员抱着一个身高不超过一米三的老人放到椅子上，按照身高来看，老人最少也有九十多岁了。

“尊敬的一一九号先生，我们就继续昨天的记录吧！”那年轻人说道。

“好的，我会将我这一生积累的所有人生经验、掌握的全部知识留存下来给后辈们。”老人说完后就闭上眼睛不再说话。年轻人将“头盔”套在老人的头上，屏幕上很快便出现了一行一行的文字，不一会儿便布满屏幕。年轻人微笑地看着屏幕，满意地点着头。约莫过了二十分钟，屏幕中的文字停了下来，老人睁开眼睛，头上微微有热气上扬。

“尊敬的一一九号先生，辛苦啦，谢谢你对我们村作出的贡献。如果你认为还有需要，我们明天再继续吧！”年轻人从老人头上取下“头盔”，对他鞠了一个躬，礼貌地说。

“我已做了三十多次总结回顾，没有一点儿保留了。”老人擦了擦额头上渗出的汗水，喘着粗气说道。

“好的，尊敬的一一九号先生，我送你回去好好休息吧！”年轻人说完就抱着老人出去了。

“史方，他们这是在干什么呀？”莫雨好奇地问道。

“我听妈妈说，这个过程叫‘记忆储存’，每个老人在死亡之前都要将自己这一生所有的文化知识和人生经验储存下来，研究院会将老人们留存的知识进行科学整理，再存入芯片，最后植入到年轻人大脑中，这样年轻人就不用再花长时间艰难地学习以前的知识和经验了。”

“这是什么高科技啊？”孔飞和莫雨觉得这里的做法真是无法理喻，难道这样就不用学习了吗?

“我妈妈说这叫作‘传承’。”史方挠了挠头说道，“我们还是离开这里吧！也不知道使者们在不在这里搜查？”

他们离开了老人院继续前行，在这深山老林中，古木参天、遮天蔽日、翠谷青山、深潭碧波，千般奇景，令人目不暇接，他们疾步前行，不敢稍歇，不敢继续逗留。

“前面是鳄鱼谷，你们可要注意了。”史方提醒孔飞和莫雨。

“有鳄鱼？”莫雨显得十分兴奋。

“是的，鳄鱼十分聪明，我们要特别注意。”

“我们也有扬子鳄，可是因为环境恶化，已濒临灭绝了。”孔飞说道。

史方随手扯下一片树叶，然后往空中一抛说道：“我爸爸说，人类为了一己私利变得贪婪不已，肆意破坏环境，最终会毁掉自己。”

说是鳄鱼谷，实际上就是山谷中一条小溪冲出来的深潭，宽有几十米。来到潭边，他们可以清楚地看到潭水中有几只鳄鱼蛰伏在浅水处，只露出老树皮似的脊背，纹丝不动，远远看去犹如一段枯木，它们正在等待着猎物的出现。

“我们怎么过去啊？”莫雨看着眼前的深潭和鳄鱼，有些不知所措。

“不用急，跟着我来。”史方直往上游方向走。走了差不多近百米处，有一个小瀑布，从旁边爬上去，在一个较狭窄处，几块天然的平整的大山石露出水面。他们踩着这几块山石，刚好能够到达溪流的对岸。

过了小溪，莫雨再回头看了看远处那几条鳄鱼，它们仍然懒洋洋地一动不动，看那样子，对他们的到来似乎一点儿都不感兴趣。

他们来到了一座海拔近一百米高的石山脚下，这石山怪石嶙峋，千沟万壑，爬上去也不难。经过半个小时的努力攀爬，他们终于将小石山踩在了脚下。往前眺望，银色沙滩，万里碧波，水天一色。回头看，群山绵延，树木葱翠，村子隐入其中，难以发现。

看到这浩瀚美丽的湖泊，孔飞和莫雨不由大声地欢呼跳跃起来。

“你们看到了吗？”史方伸手指着水天相接处的一个影影绰绰的黑影，“那就是荒岛。”

要不是仔细辨认，孔飞和莫雨还真的看不出在湖泊深处竟还有荒岛。因为在烟波浩渺中，荒岛时隐时现，的确不容易发现。

“可是荒岛那么远，我们怎么才能过得去啊？”孔飞和莫雨心中有点纳闷，史方总不可能背着我们飞过去啊！

“我们先下山，到那个银沙滩玩一会儿再说。”史方没有直接回答他们。

按理说，上山容易下山难，石山处处是悬崖峭壁，相当险峻，但是史方却带着他们找到了一条平缓的下山之路，从山顶直通到山脚，那些突出来的石头犹如天然的石梯，下去的时候，只要踩稳了就可以，一点儿都不费力气。

“这座石山可以直达庐山的顶峰，那里有许多悬棺古墓，是先祖安息之地，少有人去。”史方不忘介绍。

“这可是一种古老的丧葬习俗，想不到在你们这里还一直存在着。”孔飞十分惊讶。

来到山脚下，拐了一个弯，一片银色沙滩就呈现在他们面前。他们欢呼一声，脱了鞋子，光着脚丫跑了出去，踩在细腻而柔软的沙滩上，深吸着潮湿的空气，他们互相追逐着、嬉闹着，一路上所有的疲倦都得到了释放。

玩累了，他们一起坐到湖边一块冒出水面的大石头上，欣赏着像蓝宝石一般的湖泊。极目天际，余晖洒落，阵阵涟漪现出一片片火焰；眼前，却是懒洋洋的湖水亲吻着银色的沙滩。

“你们听，好像有什么声音？”莫雨听觉较灵敏，听到有声音从湖中隐隐传来。

“还有什么声音，湖水的沙沙声吧？”孔飞觉得莫雨有些大惊小怪。

“不，好像是划水的声音，快，快藏起来。”史方神情紧张地说道。他们没有迟疑，往石山那边跑去，到了山脚下，史方带着孔飞和莫雨快速爬进半山腰一个小溶洞藏了起来。

再向外看时，他们发现湖中漂来一个黑影，那黑影越来越近，越来越清晰，原来是一艘独木舟向岸边靠来。

“是小多多来了，我们下去看看吧！”史方对愣在一旁的孔飞和莫雨说道。

“小多多，那是小多多？”孔飞和莫雨回过神来问道。

“对，是他。”史方一边说话，一边往山下跑。

“小多多，想不到你真的过来了！你知道我要来吗？”史方大声喊道，看得出来，他有多高兴。当孔飞和莫雨来到他们面前时，他们两个已经紧紧地抱在了一起。

小多多的身高和史方差不了多少，只是一身猎人打扮，头发黄乱，穿着兽皮衣，皮肤呈古铜色，肌肉十分结实。他的眉毛如天蚕，眼珠不停地转，一看就很机灵。

“他们就是那两位外来尘客？”小多多指着孔飞和莫雨问道。

“你是怎么知道的？”史方向小多多作了介绍，然后吃惊地反问道。

“我的恩师说，近观天象，桃花源村当有一劫，然有外来客人相助，定会化险为夷。”小多多笑着解释道，“恩师还叫我即刻动身前来迎接贵客，所以我就过来了，想不到师傅说的全是真的。”

“我们是无意中闯入桃花源村的，现在是泥人过河，哪里是什么贵客？”孔飞和莫雨连忙作揖，说道。

小多多绕着孔飞和莫雨转了一圈，这两个朋友虽然长得五官端正，伶俐乖巧，却矮小得可怜，真的如恩师所说，要靠他们来拯救桃花源村？他的心里直打鼓。

“朋友真会说话，欢迎你们到荒岛做客。”小多多说道，“不过现在天色已晚，只能在这里露宿一晚了，等明天一早过湖。”

“我们先捡一些退潮时留在沙滩上的小鱼，还要拾一些柴火。”史方说道。他与小多多常在这里玩，很熟悉周围的环境。

把一切准备好后，他们再次回到山洞。夜色早已降临，月亮也升得很高了。

他们把柴火燃了起来，烘干衣服，烤熟鱼儿。这一惊一乍的，肚子早饿了，鱼儿吃起来香喷喷的很可口，这可是孔飞和莫雨在家里吃不到的美味。

“你们相信吗？我第一次划独木舟到这边时，差点儿被淹死。”小多多看着不时蹿起的火苗说道。

“真的？”莫雨很吃惊。

“是的，那时我正在这里玩，发现水中漂过来一个人，我把他救了上来，然后背到老人院，妈妈将他抢救了过来。”史方接过话来。

“我们就是这样认识的，我当然也成了史方一家人的好朋友。”小多多感激地说，“要不是史方一家人将我救活过来，我也许已经死了。”

“佛家说的，救人一命，胜造七级浮屠。”孔飞说道。

小多多看了孔飞一眼，继续说道：“不过，我是不畏死亡的了，我本来就不该来到这个世上。”小多多说完伸出两只手看了看，只见他小指旁边真的多了一个手指，两只手都有六个指头。

孔飞和莫雨虽然早就听史方说过，但还是感慨不已。

“我们今天经过育婴中心时，听到了关于你的身世。”史方将文先生和卫先生说的话告诉小多多。

小多多静静地听着史方说话，眼睛则定定地看着火堆，他一句话都没有说。孔飞和莫雨看到，火苗映在他的眼里，一点亮光一闪一闪地，那是眼泪，但是小多多努力地含着，没有让它掉下来。

“小多多，我是无意听到的，请你不要难过。”史方安慰着小多多。

“没什么，我在他们眼里其实就是一个怪物。”好一会儿，小多多才哑着声音说道。

被抛弃到荒岛后，是一只母狼抚育了他，后来又是恩师将他从狼窝中救了出来，还有什么苦难没有经历过呢？他只有十岁，但已经十分坚强。恩师曾对他说，一个人在经受苦难的时候，常会追问“为什么那个人是我”，却很少人思考“为什么那个人不是我”，当你想通了，心就坦然了。

经历了这么多的挫折，对于小多多来说，他是不幸的，却又是幸运的。

这时候，月亮高悬，天空和湖泊在远处交接一起，湖面波光粼粼，似有一条银白色的路一直通往月球。

“海上生明月，天涯共此时。情人怨遥夜，竟夕起相思。灭烛怜光满，披衣觉露滋。不堪盈手赠，还寝梦佳期。”清风拂面而来，夜景美丽怡人，史方忽然情由心生，动情地吟唱起来，小多多也跟着一起吟唱。

“这不是唐朝丞相张九龄的诗歌《望月怀远》吗？”孔飞好奇地问道。

“这首诗就刻在这座石山的西边悬崖上，传说李白回到村子，闭关修撰《祖录记》时，常到这座石山上登高望远，饮酒诵诗，怀念友人。”史方说道，“我不知道张九龄是谁，只是觉得这首诗写得很好，与现在的夜景很切合，就不由地吟唱了起来。”

“李白与张九龄是同时代的人，他们两个一定是好朋友。”莫雨说道。

“我也赞同，也许李白也是在这样的月夜怀念起了友人张九龄，才会吟诵《望月怀远》这首诗。”孔飞说。

明月生辉，星光璀璨。他们坐在洞口，谈论着传奇故事，不知不觉中都进入了梦乡。

八 生死辩论

“这最后一条村规，其实就是让村民监督我们长老院，目的是防止长老院滥用权力，以免铸成无法弥补的大错。”绿面具长老说道，“既然村民们已经递交《吁请书》，作为长老院的长老，我们就该遵守规则，接待好这两个来访的小客人。”

“醒来，快醒来。”一阵奇怪的鸟鸣惊醒了小多多，他一骨碌爬起来，往洞外一看，天已大亮，一缕阳光钻进洞里，照在了火堆上。火早已熄灭，只留下一堆木柴焚烧后的灰烬。

“发生了什么事？史方。”孔飞和莫雨很不情愿地睁开蒙眬的睡眼问道。

“看来长老院还在追捕你们。”小多多说完，叫他们从洞口往外看。

“看什么呀？”孔飞和莫雨莫名其妙，他们来到洞口，看见蔚蓝的湖泊在朝阳下闪烁着点点金光。

“你们往那边看。”史方用手指着远处飞来的黑影。

“那是什么啊？”莫雨问道。

“像是一只大鸟。”孔飞说道。

“它是研究院研发的专门用来侦察搜寻的机器鸟，看来昨天在村里找不到我们，长老院已经派出它到村子外围搜查了。”史方说道。

“哎，也不知道你的家人怎么样了？”莫雨颓然坐下，喃喃地说道。

“是啊！也不知道我们连累了他们没有？”孔飞也很着急。

“史先生是学习院院长，智瑶夫人是老人院院长，都是负责管理村子的重要人物，不同于一般村民，相信长老院不会把他们怎么样的。”小多多说道。

“规则面前人人平等，就是长老院的长老也是一样，何况是他们呢？”孔飞担忧地说。

“你说得没错，但是村子还有一条规则，如果你是为了村子的利益而违反了规则，经长老院同意，则可以免予处罚。”小多多说。

“但是，史伯夫妇保护我们的行为算是为了村子的利益吗？”孔飞疑惑地问道。

“这嘛，我也说不清楚。”小多多说道。

“哎，可惜我们都是小孩子，帮不了村子什么大忙。”孔飞对莫雨说。

莫雨也点了点头，伸出双手耸了耸肩表示很无奈。

“我爸爸妈妈不会有事的，长老院还在搜查我们，说明他们那边还很安全。”史方说，“大鸟飞过来了，我们可要注意了。”他们一起往洞内挪了几步，躲了起来。

当他们再往外看的时候，大鸟扇动着双翼飞了过来，可以很清楚地看到它的外表，那是金属结构，背面是太阳能板，双翼展开，与鸟儿一样有翅膀可以自由摆动，只见它一会儿低飞一会儿翱翔,与真鸟毫无两样。

“它的眼睛很厉害，可以扫描追踪地面上任何移动的东西，地面上一平方米范围的东西都可以看得清清楚楚。”史方解释说。

“这与我们外面的无人机差不多，不过这大鸟似乎更加灵活。”孔飞说完，在地上画了一架飞机的形状，“就是那双机翼不能跟鸟的翅膀一样可以自由摆动。”

“可是桃花源村的‘大鸟’和真鸟差不多呢！”莫雨说。

“快看，它又飞过来了。”小多多说。

“我们在洞内，它侦察不到我们。等它离开之后，我们再出去吧！”史方说。

过了一会儿，那“大鸟”扇动着翅膀缓缓地飞过洞口。

“长老院可能知道了你们的行踪，否则不会那么快就会搜索到湖边来的。”小多多说，“看来我们要尽快去荒岛。”

“知道我们行踪不好吗？最起码还有一种可能，就是史先生他们已经开始和长老院沟通这件事情了。”孔飞说。

“孔飞分析得也有道理，但是就怕长老院不买我爸爸妈妈的账。”史方不无忧虑地说。

“那我们快走吧！”小多多说完第一个钻出了藏身的溶洞。

天高云淡，外面显得十分安静祥和，湖泊、沙滩，就连远处荒岛的影子，都显得那么清晰、明朗。而在桃花源村，村民的生活却不像往常那么平静，他们都在热议着一件事：“我们该如何对待来访的外界客人。”

建村两千多年来，桃花源村鲜有陌生客人到访，也不欢迎陌生客人到访。年年岁岁，岁岁年年，他们已习惯了过着宁静祥和、快乐幸福的生活，这里没有世俗纷争，也没有名利追逐，有的就是人与人之间的和睦共处，人与自然的和谐统一。

他们没有法律，当然也没有法官，他们靠村规民约管理一切事务，由长老院行使村民赋予的最高权力。然而今天的长老们也犯难了，他们需要面对这几百年一遇的难题了。

长老院议事厅，再次灯火辉煌、流光溢彩。由于临时动议，昨天才开了议事会议，今天还得继续召开，原因就是长老院有史以来第二次收到村民们递交的《吁请书》，他们不得不慎重对待。

长老院第一次收到村民联合署名的《吁请书》，还要追溯到一千两百年前，村民李白被派出去游历，结果没有按期回来，于失踪四十年后才再次回到村里。对于这件违反村规的大事，长老们争议很大，最终意见是要给他最严厉的惩处，即终身监禁。由于大多数村民不同意这个处理意见，进而递交了《吁请书》，所以长老院只能尊重民意，没有对李白进行严厉处罚，而是罚他闭关修编村史《祖录记》。

“这是我村有史以来第二次收到村民联合署名的《吁请书》，虽然时隔千年，事有不同，但都有一个共同点，那就是涉及人命关天的大事。”红面具长老说道。

“由于我村长期与外界隔绝，所以村规里面并没有专门条款规定如何对待外来的陌生人。”

“不，我村的村规是有规定的，就是‘禁止外方人士闯入我村’。”

“但是有几次外人到访我村，受到了村民的热情款待，后来还专门为此建了纪念亭。”

“我们可千万不能忘记惨痛的历史，四百年前那一次大灾难，由于有外人进入我村，带来了可怕的瘟疫，致使我村三分之二的村民死亡。”

“可《祖录记》记载，最后调查结果证明这罪魁祸首不是外人，而是携带了病毒的外来老鼠潜入我村后引起的。”

“是啊！所以三百年前我们村的村规才作了一次大修改，为防微杜渐将第八条修改为‘禁止外方人士闯入我村’，那也是以防万一吧！”

“先世这样修改村规，也是从那一空前灾难吸取的惨痛教训，要知道，病毒不一定就是哪一类物种带进来，不健康的外人同样可以将病毒带入我们村。”

“我们的先世对村规的修改是经过深思熟虑的，早有预见性。”

“我坚决拥护‘禁止外方人士闯入我村’这条村规，全力防止外人将各种病毒带入我们村里。”

“我同意。”

“我也同意。”

……

“目前有两个问题，一是两个外来的小孩子已逃出村子往荒岛方向去了，他们有无携带病毒进入我村，对我村的危害程度如何，目前我们还无法评估；二是抓到这两个孩子后如何处置，是无害化处死呢？还是将他们驱逐出境？”红面具长老说道。

“要尽快派出医务院专家对两个小孩曾经停留过的地方进行消毒处理，对他们接触过的村民进行隔离和医学观察，以防止病毒扩散。”

“我同意。”

“我也同意。”

“我也同意。”

……

“好的，根据大家意见，医务院已经组成了专门的工作组出发去处理这件事情了。”红面具长老说，“关于第二个问题，大家意见如何？”

议事厅一下子安静了下来。

“其实这是如何对待村民递交的《吁请书》的问题。”

“对，如果按照村规最后一条，长老院就必须无条件地接受村民反映的诉求。”

“是啊！按照村民的意见，我们长老院应该发扬传统美德，以礼相待来访的那两个小客人。”

“建村以来，我们先世对于来访的客人都是热情招待的。”

“哎，村民的心地是善良的，愿望也是好的，可如今不同了，此一时彼一时啊！”

“这最后一条村规，其实就是让村民监督我们长老院，目的是防止长老院滥用权力，以免铸成无法弥补的大错。”绿面具长老说道，“既然村民们已经递交《吁请书》，作为长老院的长老，我们就该遵守规则，接待好这两个来访的小客人。”

“那如果医务院检测出这两个小客人带有病毒，对我们村构成了安全威胁呢？”

“对，如果真的这样，难道还要热情接待他们吗？”

“是啊！我们可不要做那愚蠢的农夫，救了毒蛇的命，反而被它给咬死了。”

“谁敢保证，外面就没有阴险歹毒的人在利用这两个单纯的孩子呢？”

“如果同情他们的话，我们村的利益又怎么能得到保障？”

“说得对，我们村的利益高于一切，这是长老院决定任何重大事项的前提。”

……

看到大家讨论得差不多了，红面具长老干咳了一声，然后慢悠悠地说道：“据村民们议论，这两个小孩中，有一个小孩可是孔圣人之后裔。”

“啊！孔圣人后裔？……”大家惊讶得张大了嘴巴，一下子无法合拢起来。在议事厅的正上方就是孔圣人的塑像，他正慈祥地看着大家。

红面具长老看到大家的反应，心中有数了。

“看来，事情没那么简单，我们还得慎重考虑考虑。”

“不是吗？我们村以儒家思想治村，儒家思想的精髓就是主张‘仁义’，‘仁’即‘爱人’啊！”

“说得对，儒家思想提出‘己所不欲，勿施于人’，又提出‘忠恕’之道，它推行的‘仁政’理念是我村的立村之本。”

“我看，他们不过就是孩子，能对我们村产生什么威胁呢？”

“孩子是单纯的，无辜的。”

“我想，他们的父母这个时候在家里肯定急得团团转呢！”

看时机差不多了，红面具长老说道：“是啊！我们可要睁开金睛火眼，洞察秋毫，明辨是非，千万不能感情用事。”

“看来我们只能够等了，只有等医务院检测结果出来后才能做出决定。”

“我同意。”

“我也同意。”

“我也同意。”

……

“好的，下面我们来讨论另外一件议题，那就是怎样处理史伯夫妇呢？”绿面具长老说道。

“据说已被抓起来，在面壁思过了。”

“是的，长老院的使者很尽职尽责。”

“史伯夫妇一个是学习院的院长，一个是老人院的院长，一直以来工作认真负责，积极努力，表现都十分优秀，这些年都被评为我村的模范村民。”

“可是这一次真的让人失望啊，可惜呀可惜。”

“是啊！怎么就那么糊涂呢？”

“他们也不是真的糊涂，他们心地善良，也是在为我们村考虑。”

“道德院院长颜先生是孔子学生颜回的后裔，他也在《吁请书》上签了名，而且他是最先响应和第一个签名的村民。”

“颜先生是站在道德高度来思考这件事情，我们长老院应该站得更高更远来决定这些事情，不能让村民笑话我们，不能让村民对我们失望。”

“村规面前人人平等，谁都没有特权。”红面具长老说道，“我看，让史伯夫妇在思过室蹲一个晚上，也算是一个小小的处罚了，明天就让他们恢复自由吧！”

“我同意。”

“我也同意。”

“我也同意。”

当长老们正在热烈讨论的时候，“长老院直通车”响起了“嘀嘀”的提示声。

“医务院来消息了。”红面具长老说道，“好消息，经医务院检测，那两个小孩停留过的所有场所，目前都没有检测出任何病毒，暂时显示安全。”

“他们接触过的人员情况怎么样呢？”

“他们接触过的只有史伯一家人，经隔离检查，目前也无不良反应。”

“那就好，总算有了初步结果。”

“但是我们面临的另一个问题是，一定要找到这两个小孩子。”

“可是到现在为止，派出去搜查的使者仍一无所获，机器鸟在村子外围搜查也还无确切消息。”

“我们似乎忽略了一个地方，那就是荒岛。”

“对，荒岛，那是先祖规定的禁地。”

“是啊！除了流放的村民，谁都不能进入那个地方。”

“可是他们如何能到达荒岛呢？要跨过那么宽的水面登上荒岛可不容易啊！”

“这就不得而知了，但是他们应该猜测到我们长老院不会派使者到荒岛搜查。”

“史先生肯定会告诉他们。”

“可能性很大，否则我们派出去的使者不会找不到一点儿蛛丝马迹。”

“据说使者们通过气味分析，已确定他们前往的方向就是荒岛那边。”

“看来躲藏到荒岛是他们最好的、也是唯一的选择。”

“我们昨天不是决定了要流放那个破坏公共财产的村民吗？按规则三日之内要执行完毕，也就是明天，一定要将那个村民流放到荒岛上去，既然这样的话，那就同时派出使者到荒岛去搜查吧！”红面具长老说道，“找到孩子，将他们安全送回家，这是我们目前最主要的任务。”

“我同意。”

“我也同意。”

“我也同意。”

……

九 惊涛骇浪

他们往湖里面看，小多多的踪影已完全不见。他们三个都不习水性，哪敢冒险到湖中搜救。正在他们伤心哭喊的时候，荒岛那边突然窜出了十几只黑狼，为首的那只有一米多高，只见它仰天一声长啸，纵身一跃，跳入湖中，奋不顾身地向他们游了过来。其他黑狼也一只紧跟着一只，争先恐后地跳了下去。

是的，对于孔飞他们来说，躲到荒岛确实是最好的，也是唯一的选择，因为全村搜查仍然在进行中。

他们四个看到“机器鸟”飞远之后，从石山上那个藏身洞下了山，重新回到银色沙滩。

“小多多，荒岛那么远，我们坐你的独木舟能过得去吗？”看着眼前这一望无际的湖泊，孔飞有点茫然。

“大不了我们就跟大鸟一样飞过去，或跟小鱼一样游过去。”莫雨自嘲道，说完还学着小鸟的样子在沙滩上跑来跑去。

“别担心！”史方说道。

他们跟随小多多沿着沙滩往东走，那边有许多由大小礁石组成的礁石群，上面成群的水鸟被惊吓到，纷纷鸣叫着飞了起来。在一座三四米高的礁石旁边，小多多停了下来。

“就在这里了。”小多多用手指了一下前面。

“什么东西？”孔飞问道。

“当然是小多多的独木舟了。”史方说。

孔飞和莫雨赶忙跑到礁石后面，果然看到独木舟静静地躺在两座礁石之间，一条青藤结成的缆索死死地将它缚在一块石头上。

“果然是独木舟！”孔飞和莫雨兴奋地跳了起来。这还是他们第一次看到人类最古老的水上交通工具。他们争先恐后跳了上去，左看看，右瞧瞧，这里坐一下，那里蹲一下，激动得像是见到了什么珍稀宝贝一样。

“坐稳，出发了。”小多多解开缆索，一步一步地将独木舟从礁石中间推了出去，然后也一个鹞子翻身坐了上去。

独木舟呈黑黄色，有八米多长，为整段楠木挖空制成，舟形如梭，舟舱较宽，两端微翘，外壁光滑，木纹清晰，内壁留有焦炭和斧凿斑痕，看上去已有很久的历史了。

“这独木舟不会是你做的吧？”孔飞好奇地问道。

“当然不是，这是我在荒岛上游荡的时候发现的，当时埋在土里面，仅露出一个船尾，被我挖了出来，应该是古时候荒岛上的土著居民做的。”小多多说，“我看保存十分完好，就清除了腐烂的地方，做了一些修补，这就成了我秘密渡岛的交通工具了。”

“小多多真有本事。”莫雨听了之后鼓起掌来。

“小多多的本事大着呢！慢慢你就会知道的。”史方笑着说道。

“史方，我负责左边，你负责右边。”小多多吩咐道，实际上他和史方已经多次合作划着独木舟到荒岛了。

“要不我来试一下吧！”孔飞说道，他感到十分新奇。

“也可以，要注意，一定要同时匀速用力，独木舟才会前进。”小多多说完后，演示给孔飞看。孔飞跟着父母到公园的时候，曾经也划过小船，但是那感觉与这独木舟根本不同。他试着和小多多划了一下，结果独木舟在原地打转，还差点把船给弄翻了，吓得莫雨一阵阵尖叫。

“我来喊‘一二,一二’，你们跟着口号声一起来划吧！”史方说道。

这主意好，小多多和孔飞随着口号声一起使劲，总算能够配合默契，独木舟也听话地往荒岛方向前进了。

“那‘大鸟’会不会突然飞回来呢？”湖面风平浪静，但是莫雨真的担心，要是“大鸟”飞回来，那就惨了，这可没地方躲藏啊。

“不会的，它到其他地方搜查去了。”史方肯定地说道。

“长老院从来不会派使者到荒岛搜查的。”小多多补充说道，“荒岛是禁区，与村里一直都相安无事，相互之间似乎达成了什么默契一样。”

“真的？”孔飞和莫雨的眼睛睁得老大。

“当然，否则我也不会带你们来这里了。”史方看他们一惊一乍的样子，忍不住笑了。

独木舟轻快灵活地载着他们朝着荒岛方向驶去。荒岛的影子越来越大，已能清楚地见到那边的树木和山岭。这个时候，天气忽然闷热起来，热得他们直冒汗，一碧如洗的天空变得灰蒙蒙的，风渐渐大了。

“史方，你代替孔飞划吧，看来暴风雨就要来临了。”小多多看到孔飞划得越来越吃力，担心地说道。虽然距荒岛已经不远了，但是暴风雨真的要来的话，可是要命的事。

“好的，史方，我已经用出了吃奶的力气了。”孔飞的脸涨得通红，全身大汗淋漓。

史方拿起木桨，与小多多配合起来，独木舟轻快地在水中飞了起来。

云层越来越低，越来越厚，差不多要把整个天空严严实实地遮盖住了，而湖水也开始翻腾，浪花由小到大，一波接着一波。

“加油，加油。”孔飞和莫雨看着干着急，不由大声喊道。

荒岛就在他们眼前七八十米远，可是独木舟如同一片小小的树叶，被浪花抛来甩去，不管他们如何努力，都是寸步难行。

“快到了，快到了，加油，加油。”孔飞和莫雨一边喊，一边也伸出手来往后拨着水。这个时候他们才深刻地体会到了老师讲的“咫尺天涯”的真正含义。

独木舟又前进了一些，还有五十多米就到达荒岛了，史方和小多多感觉骨头都要散架了，哪里还有力气可用？风平浪静的天气，那当然没话说，可是遇到今天这样恶劣的天气，他们即使都很健壮，也只能望洋兴叹了。

而就在此时，豆大的雨点如瓢泼一样倾泻而下，独木舟在浪涛中忽而左，忽而右，不断摇晃，似要倾覆，吓得孔飞和莫雨一阵阵惊叫。

小多多反而镇静下来，只见他放下木桨，颤颤巍巍地站了起来，拇指和食指捏成一个圈，放到嘴里，然后吹出一阵尖锐的唿哨声。那唿哨声一声比一声高亢刺耳，撕破滚滚的黑云和厚密的雨帘传向远方。

唿哨声刚停下，一个大浪猛地击了过来，只见小多多一个趔趄没站稳，直接栽入湖中。

“小多多。”莫雨惊叫起来。

“小多多，小多多。”史方和孔飞也大声地喊叫。

他们往湖里面看，小多多已不见踪影。他们三个都不习水性，哪敢冒险到湖中搜救。正在他们伤心哭喊的时候，荒岛那边突然窜出了十几只黑狼，为首的那只有一米多高，只见它仰天一声长啸，纵身一跃，跳入湖中，奋不顾身地向他们游了过来。其他黑狼也一只紧跟着一只，争先恐后地跳了下去。

"在那边，小多多。"莫雨眼尖，发现独木舟后十多米远处，小多多正在水浪中挣扎。他奋力地往这边游过来，但是浪头却不停地把他往外推。

"快点，小多多。"史方和孔飞一边焦急地喊，一边将独木舟往他那个方向尽力地划去，然而独木舟却完全不听使唤，一个劲儿地在原地打转，根本无法前进一步。

"小多多，小多多，你坚持住，坚持住啊！"莫雨哭喊着，眼泪禁不住和着雨水簌簌地往下流。

当他们感到十分绝望的时候，一个黑影游向了小多多，正是那只大黑狼，只见它游到小多多身边，用嘴咬着他的衣服就往后拉，靠着这一股力，小多多终于回到独木舟旁。在史方和孔飞的帮助下，小多多爬上了独木舟。

"大黑，好样的。"小多多喘着粗气向水中的大黑狼竖起了大拇指。

这时候，其他黑狼也游了过来。小多多将独木舟上的缆索抛入湖里，在大黑狼的带领下，它们纷纷衔起缆索向荒岛游去。

孔飞和莫雨看着眼前这一幕，感到不可思议，难道刚才小多多吹出的唿哨声就是在呼唤它们吗？

小多多和史方也拿起木桨，拼命地划了起来，独木舟奇迹般地向荒岛慢慢前进了。

四十米，三十米，二十米……那些黑狼一只接着一只爬上岸，像纤夫一样，使劲地咬着缆索往前拉，直到独木舟紧紧地靠上了荒岛。

“小多多，我们到岸了，到岸了。”莫雨大声地喊着，忘乎所以地站了起来，结果独木舟左右一晃，她一下子就栽入了水中。

“救命啊！救命啊！”莫雨在水中扑腾着，大声地尖叫。

而小多多、史方和孔飞却没去管她，直接上岸，然后有气无力地瘫坐在沙滩上，对着水中的莫雨呵呵地笑着。

“你们三个就那么狠心吗？也不来救一下我，想把我淹死在这里啊！”看到他们都不理睬自己，她只好从齐膝深的水中自己站了起来。

小多多、史方听她这么一说，笑得更起劲了。孔飞上前将趔趔趄趄的莫雨拉上岸，莫雨也腼腆地跟着笑了。刚才在浪花中的九死一生，大家似乎都抛到九霄云外去了。

那大黑狼来到小多多身边，用嘴巴舔着他的脸。其他黑狼则远远地站在一边，看着他们三个，不停地抖动身子，要把身上的水给甩掉。

小多多抱着大黑狼不停地抚摸着，用自己的脸蹭着它的脸，那亲热的样子就如兄弟一般。孔飞和莫雨看着这动人的一幕，真的羡慕极了。

这时候，风慢慢停了，雨也渐渐小了，黑暗的云层往西边跑去，蓝色的天幕不断扩大，太阳又露出了笑脸，刚才还是波浪滔天的湖泊如今又重新恢复了平静柔和。

“难道是老天爷要考验我们？”莫雨仰望着天空，生了一肚子的气。

孔飞也感到十分憋屈，这狂风暴雨来得真不是时候。经过这一次暴风雨的检验和洗礼，他们都感到自己更加坚强了，心与心之间的距离拉得更加近了。

小多多与大黑狼亲热了一会儿，拍了拍它的身子，大黑狼再次面向湖泊仰天长嗥，然后带着狼群钻进茂密的树林。

“我们也走吧！”看着这些黑狼隐入树林之后，小多多对大家说道。

“这些黑狼怎么都听你的指挥啊？”莫雨好奇地问小多多，“他们听得懂你说的话吗？”

“你们别忘记了，小多多可是狼孩，是狼妈妈抚养大的哟！那只大黑狼与小多多一起长大，他们有兄弟一样的感情。”史方说道。

“其他的狼呢？”孔飞问道。

“其他的狼都听大黑狼的指挥，在这里大黑狼就是它们的头领。”小多多说。

“真想不到，在这荒岛上狼并不是我们的敌人，它们还救了我们一命，成了我们的大恩人。”莫雨感叹地说。

“如果我们与所有生灵和睦相处，这个世界会更加美好！”孔飞学着老师的样子说道。

“我听最近游历回来的村民说，你们外面的世界里，许多物种濒临灭绝。”史方说。

“哎！……”孔飞和莫雨看着湖水拍打着岸边的礁石，叹了一口气。大自然中一切生命都有生存和自由的权利，大家在一起难道不应该和谐相处吗？

“看，那是什么？”莫雨的眼比较尖，发现湖面上有东西向这边漂过来。

“是木头吗？”孔飞睁大眼睛看。

“不，不像木头。”小多多站了起来，肯定地说，“人。对，那是一个人。”说完，他把本就湿透了的豹皮上衣一脱，跳进湖里。

“我们也过去帮忙吧！”史方说道。

小多多游了过去，靠近一看，真的是一个人。他用手指探了一下那人的鼻息，发现人已经溺亡了，于是和史方将尸体拉回岸边。

“这是那个犯了村规要被流放的女人，我们在长老院议事厅见过的。”死者被抬上岸之后，史方觉得十分眼熟。

“对，就是她。”孔飞和莫雨也回忆起来了，“只是她怎么会死在湖里呢？”

“我想今天应该是她被流放的日子，流放一般是在判决后三天内执行的。”史方想了想说道，“难道他们也刚好遇上这一场暴风雨？”

“他们坐的船可能是翻到湖里去了。”莫雨猜测道。

“不是船，他们坐的应该是水陆两栖车。”史方说道。

“那还有其他人呢？难道也淹死了？”孔飞问道。

“不会有其他人啦！一般是由长老院的使者执行押解任务。”

史方解释道，“他们登岸的码头是在西边，不在我们东边，所以我们不知道他们的情况。照我估计，两栖车被风浪刮翻之后，使者和这位村民一起掉入湖中。他们是机器人，不会游泳，沉到湖中，也就等于死了。”

“长老们怎么知道这里的情况？”孔飞问道。

“使者失联后，长老院会派人搜寻，使者身上会不断发出信号，可以被搜寻到。如果打捞出的使者损毁不严重，他们会修好继续使用。”史方说。

“这个女人也真够可怜的。”莫雨叹息道。

“我们一起把她埋了，不要让她暴尸荒野，也算是对她的尊重吧！”小多多说道。

他们在岸边选了一个向阳的地方，在一块大石头上，小多多用小刀刻了几个字：桃花源村民之墓。

莫雨则到周围摘了一朵不知名的野花放到坟前。

这一切做完后，他们依次在坟前祭拜了死者。他们都知道，与她相比，自己能够逃出生天，是多么幸运。

“我们走吧！”小多多说。

“好的，走吧！”孔飞和莫雨也重复说道。

史方是最后一个走的，他有点伤心，毕竟她是自己村的村民，虽然违反了村规，但也罪不至死啊！

柔风轻轻地拂过脸庞，阳光温柔地洒在身上，水鸟自由地飞翔于天空之中。经历了这一次生与死的考验，他们都感到世间的一切是那么美好，那么值得珍惜和留恋。

十 史前壁画

当他们看着她时，觉得这女人的微笑似乎带有一股摄人心魄的魅力，让你无法自持。如果意志力不强的话，就会陷于其中，无法自拔，难怪小多多会被她吸引住，他们赶紧将目光移开。

荒岛，对于桃花源村的村民来说是一个神秘莫测的地方。村里专门有一条规则是，“荒岛禁地，擅入者亡”。实际上，从祖上不知哪一代开始，这里就被划为禁地，除了被流放的村民，任何人都不能进入。

荒岛面积说大不大，说小也不小，大致有五六平方公里，西高东低，西面危崖突兀，高山绝壁；东面低矮平缓，雨林茂密。荒岛天气变化无常，极为恶劣，而且蛇虫众多、瘴气丛生，那些被流放的村民在荒岛上九死一生，极少有人能存活下来。小多多作为一个婴儿能活下来还健康长大了，不能不说是一个奇迹。

“回家啦！”小多多吸了一口气，高兴地说道。

“你的家在哪里？”孔飞和莫雨问道。

“你们看，在那边。”小多多用手指着西面那座高耸的山峰。

孔飞和莫雨顺着小多多指着的方向看去，那是岛上海拔最高的山峰。小多多住在山顶上？不可能吧？

“山上有一个很大的山洞，你们跟着我来吧！我的恩师也住在那里。”小多多说。

“哦！我们终于可以见到你那神秘的恩师啦！”孔飞和莫雨常听小多多提起他，所以都十分向往，早就想见到这个神秘的人物。

说是荒岛，其实一点都不荒凉，进入郁郁葱葱的森林，他们看到了冬青、红楠、石斑木、木槿等许多珍贵树种。密林深处鸟语花香，随处可见清香甘甜的野果，还有一条东西流向的小溪，溪水清澈明净，许多小鱼忽东忽西在水中撒欢嬉戏。但是越往前走，树木越稀少，还见到了几具瘆人的骷髅，孔飞和莫雨都吓得起了鸡皮疙瘩。

“这是以前被流放到这里的村民的尸骸，有的因为误食有毒的野果，有的因为喝了有毒的溪水，还有的吸了有毒的瘴气，大多是中毒身亡。”小多多叹了一口气说道，“谁又能想到我这个多了小指头的婴儿反而坚强地生存下来了呢！”

当他们钻出林子，踩在脚下的已经是光溜溜的似血一样通红的大山石了。

密林深处，一个须发如雪、穿着黑色长袍的老人如幽灵般注视着他们的一举一动。

他们没有停歇，踩着血红的山石继续往山上攀登。孔飞和莫雨累得气喘吁吁、汗流浃背。到了半山腰，山势反而平缓了。山峰并不是特别高，差不多到顶时，再也无法向上攀爬，再往上全是峭壁。而就在这个高度，峭壁却如斧劈一般，往里出现了一条狭长的走廊。这走廊有两米多宽、五米多高，靠着峭壁绵延近百米，大家不由惊叹大自然的鬼斧神工。

不过踏上这个天然阳台后，让孔飞和莫雨啧啧称赞的却是另一番景象，那就是刻在岩穴上的一幅幅栩栩如生的壁画。

“很奇怪的壁画，有许多符号根本看不懂啊！”孔飞和莫雨边看边走，看得一头雾水。

“这画的是什么？好像是一颗星星撞向另一颗星星。”莫雨用手指着其中一幅图画。

“我想是一颗彗星飞速地撞向地球。”孔飞思考了一下回答道。

“这画中的人都是牛高马大的，难道是巨人吗？”莫雨问道。她曾经在小人书上看到过巨人的样子。

“有历史学家说，地球上曾有巨人族存在，这些巨人高达三到五米。”孔飞进一步说道，“有一个叫奇卓的考古学家曾指挥掘开了美国中西部一个大土堆，发现里面许多遗骸身高都超过两米，大多数都有两排牙齿，有些有六根手指和六个脚趾。”

“是吗？”小多多看了看自己多出来的手指头，露出惊讶的表情。

“小多多，对不起，我们说的不是你。”孔飞赶忙说。

“不，你们看，那个人。”小多多以前倒没有细心去看这些壁画，现在听他们提醒之后才认真地看了起来。他看到壁画上的人真的有六根手指和六个脚趾的，难道他们也是基因变异造成的吗？

“听说在湖北省的神农架保护区，有许多人声称见到过‘大脚怪’，不知道这‘大脚怪’是不是巨人呢？”莫雨说道。

“我看过一本连环画，讲的是汉朝的时候，王莽手下有一个名将叫巨毋霸。他自称是山东蓬莱人，身高三米多，腰粗十围，一般车子坐不下，三匹马拉不动。睡觉时用大鼓做枕头，吃饭时要用铁筷子。他还有一个本领，就是能够驱使驯养的老虎、豹、犀牛、大象作战。”孔飞说起在连环画上看的故事。

“是吗？”小多多和史方听了都哈哈大笑起来。

“小多多，你不是也能指挥黑狼吗？”莫雨说道。

“是啊，小多多也是一个了不起的英雄。”孔飞接过话来赞道。

小多多听到这些恭维的话，脸反而红了起来。

这些壁画要说明什么呢？科学家推测早在十五万年甚至更早以前，地球就曾有过一段文明史，那时候的人类十分高大，是现代人眼中的巨人。后来外星人侵略地球，巨人与外星人发生了旷日持久的战争，但科技并不发达的巨人们根本不是拥有高科技的外星人的对手，因而面临着被屠杀和奴役的命运。就在这时，一颗巨大的彗星撞击了地球，地球上所有生物面临着前所未有的大灾难，外星人离开地球避难，巨人们没能克服灾难就此消失了。孔飞一边观看一边沉思，难道这壁画说的就是这段历史吗？

“孔飞哥，这是什么？”莫雨走在前面，指着其中一幅图问道，“看着像是飞机啊！”

“没错，这是一架直升机。”孔飞感到十分诧异，这壁画不管怎么说也有几千年甚至上万年历史啊！

“孔飞哥，这不是一艘潜艇吗？”

“嗯，这旁边还画有热气球。”

眼前的一切，真让人难以置信。他们怀着激动的心情，继续边走边看。

莫雨就像一只“小喜鹊”，嘴巴不停地“叽叽喳喳”。她走得快，说得也快，像机关枪一样。

“还有这个，像是卫星，展开来的是太阳板吗？”

“这有几个宇航员，穿着宇航服，头盔上还有天线呢！”

“那时候就有宇航员，有宇宙飞船，不可能！”

“不，应该是外星人。”

……

“你们说的这些我和小多多都不知道，可能只有你们外面的世界才会有。”史方在一边说道。

“我的恩师曾说过，科技越是发达，离大道就越远了！”小多多神情严肃，说的意思好像很深奥。

科技发达不好吗？“大道”又是什么意思呢？孔飞和莫雨一时无法理解。

“你没事吧！小多多。”史方关心地问道。

“没事，我没事。刚才我看着一幅壁画，她似乎有一股魔力紧紧地吸引住了我，好像要跟我说些什么事情。”小多多说道。

“真的？是哪一幅壁画？”莫雨好奇地问道。

“你们看，就在这里，看到了吗？”小多多指着一幅人物壁画说道。

这是一幅在角落里并不十分起眼的人物壁画。画上是一个女性，有一张蛇形脸，眼睛大而有神，似笑非笑，胸部丰满，臀部肥大。

当他们看着她时，觉得这女人的微笑似乎带有一股摄人心魄的魅力，让你无法自持。如果意志力不强的话，就会陷于其中，无法自拔，难怪小多多会被她吸引住，他们赶紧将目光移开。

“她似乎想要表达什么？但我们却无法理解。”孔飞暗自琢磨道。

哎，不去想了，反正也想不通，于是他们都沉默不语了。

山顶的风真大，似疯狗一样在悬崖峭壁上四处乱窜，发出一阵阵刺耳的呼啸声，不知何时，他们湿透的衣服已经被吹干了。

“我忽然想起有一个人常常出现在我的梦境中，但是样子一直十分模糊。”小多多突然说道，“现在我敢肯定，梦中那个人就是这壁画上的人，她不断地对我重复着一句话‘孩子，任务；孩子，任务’。”小多多指着壁画上那个人，“原来，她就在这壁画里，我每天经过，竟然一点儿都没有觉察到。”

“噢，是吗？”孔飞和莫雨感到莫名的兴奋，他们好久没听到过这么传奇的故事了。

“小多多，你这是想多了吧！”史方担心地对小多多说道。

“史方，你不用担心我，我因为住在这里，看得多了，感到十分平常，所以一点儿都没有在意。”小多多应道，“但是现在，我对一直萦绕在脑子里的那个梦境，全明白了。”

“她说的是什么任务呢？”孔飞追问道。

“我也不知道啊！我还想问一下你们呢！”小多多一脸无奈地回答道。

他不是说全明白了吗？怎么现在反而说不知道了呢。但看得出来，小多多确实没有说谎。他们虽然都歪着脑袋冥思苦想，可就是理不出什么头绪。

“算了吧！那女人说的什么任务我们一时也想不出来，反正她不说清楚，小多多你就不要去。”莫雨板着脸说道。

“其实，这个梦我压根就没有放在心上。”小多多平静地说。

远处，浪花亲吻着岸边的礁石，一只只水鸟在蔚蓝的天空中自由飞翔，整个荒岛散发出一种静谧的气息。

“对了，小多多，你说的恩师在哪里啊？我们不妨找他问问去，他一定知道答案。”安静了好一会儿，史方提议道。

“没错，听你一直说起自己的恩师，到现在我们还没看到他呢！”孔飞和莫雨心中更是急切。

“走吧！都忘记了，我们在这里耽搁的时间也太长了，我的恩师应该就在前面那个山洞里等着我们呢！”小多多说完后就带着他们直奔前面的山洞。

此时，山下一块突兀的大山石上，一个穿着黑色长袍的老人静静地看着这座高山，抚须沉吟，似欣赏风景，又似沉思。

十一　峰回路转

荒岛是村里专门安置流放者的地方，因为是禁地，所以他们从来没到访过。一直以来，在他们的想象当中，这个神秘莫测的地方应该就是一个寸草不生的荒芜之地。现在，当他们踏上这个岛时，岛上如画的风景完全征服了他们每一个人。

“春风花草满园香，马系在垂杨。桃红柳绿映池塘。”道德院就坐落在桃花源村南面这样一个风景优美的地方。

道德院的思过室是一间墙面白得刺眼的小房子，不足十平方米，仅有一个小铁窗，而且靠着天花板，因此采光十分有限。房内设施相当简陋，只有一张小木桌、一张小木椅和一个小杯子，墙角一米高处装有一个水龙头，可以用杯子接水喝。除此之外，再无其他任何设施可用，即使是电灯这样的必需品也没有。

史伯和智瑶被分开关押，虽然他们早有心理准备，但是被关在这样的地方还是让他们感到十分痛苦，对于他们这样的模范村民来说，这种痛苦不是肉体上的，而是精神上的。

我们救人有错吗？当然没有。《佛说骂意经》云：“作百佛寺，不如活一人。活十方天下人，不如守意一日。人得好意，其福难量。”既然我们没有错，那就是现行村规的错。要改正的不是我们，那应该改正的就是村规。

当年外部病毒的进入，造成大批村民死亡，这个惨痛的教训固然要吸取，“禁止外方人士闯入我村”这条村规也有必要，但那是因为桃花源村长期不与外人来往，所以制定这条村规时根本没有考虑到有个“万一”的时候。

但是，孔飞和莫雨两个外人是“闯入”我村吗？这可是两个活泼可爱的小生命啊！他们无意中到了我村，并没有对我们的安全造成威胁，他们不过就是两个思想单纯的小孩子。

他们和史方、史圆一样，都是有父母的人，想想他们的父母在家里得多着急啊！他们一定四处寻找孩子，食不甘味，夜不能寐。对了，我们家的史方、史圆呢？家里只有史圆一个人，这还是第一次，不知她在家里怎么样了！虽然长老院会派专人照顾，但是孩子的心理阴影是无法消除的啊！

长老院现在开会了吗？他们已经收到了我们的《吁请书》，那可是村民的吁请行动，他们不会不重视，如果猜测没错的话，也应该开会讨论了，估计他们在讨论的时候一定会很激烈，有赞成的，也有反对的，这都很正常。无论讨论的结果如何，按照村规最后一条，他们都得听从村民的意愿，孔飞和莫雨这回是有救了。

噢，史方带着孔飞和莫雨到了荒岛吗？不会有什么意外吧？不过有小多多这个聪明的孩子关照，他们应该不会有事的。他们一定顺利登上了荒岛，那里一定是一个美丽的地方，小多多一个被流放的婴儿还能够生存下来，那孔飞和莫雨也肯定不会有事的。

那我们呢？长老院会如何处理？我们一个是学习院院长，一个是老人院院长，工作上，我们尽职尽责，无一点儿差错；生活上，我们尽善尽美，无丝毫遗憾。在村民当中，我们有口皆碑；长老院连续多年授予我们“模范村民”的称号。如果孔飞和莫雨没有出现，我们当然不会违反村规，生活还会跟以往一样平静与幸福，现在呢？平静的生活起了波澜，我们不得不违反村规，保护这两个外来的孩子，但是我们一点儿都不后悔，我们感到很满足，因为我们做了自己该做的事情。相信长老院的长老们会秉公办事，不存私心。当然如果万一，最悲惨的结局，也不过就是流放吧！唉，如果真的是这样的话，那也没办法，天地良心，我们也绝对不会后悔半分。

……

在思过室的一天一夜，史伯和智瑶夫妇想了许多许多。

“史先生，可喜可贺，可喜可贺。”第二天上午，思过室的门“吱吱呀呀”地打了开来，颜正满面笑容地说道，“这一天一夜，你们夫妇辛苦啦！”

“颜先生，何喜之有？何事可贺？”史伯茫然不解。

“喜者当然就是吁请行动取得了成功。孔圣人说得好，‘礼之用，和为贵’，长老院决定将孔飞和莫雨两个小孩子找回来，不再处理他们了。”颜正对史伯说，“另外值得祝贺的是，长老院决定释放你们了。”

“真的？那太好了！”想不到事情那么快就有了转机，他大笑着走向前去与颜正拥抱在一起，“成功啦！我们成功啦！”

这个时候，智瑶也从另外一条走廊过来了，史伯立即放开颜正，与夫人紧紧地相拥在一起，“你跟着我受苦啦！”史伯眼睛有些潮湿。

“不是成功了吗？再苦也值得。”智瑶露齿一笑，安慰道。

“柔情似水，佳期如梦，忍顾鹊桥归路！两情若是久长时，又岂在朝朝暮暮。”颜正摇头晃脑地一边吟诗一边笑道，“史先生，你们还是回家亲热去吧！”

“不好意思，颜先生，让你见笑了。”史伯夫妇脸一红，慌忙松开了对方，对于他们来说，在思过室这一天一夜，让他们真正体会到了“一日不见，如隔三秋”的滋味。

史伯夫妇告别颜正，迈着轻快的步伐回家了。

“相濡以沫，模范夫妻啊！”颜正看着他们远去的背影赞道。

天空明净，淡淡行云，柔风拂柳。从道德院回来，要经过一条卵石小路，小路旁是一条清澈的小溪，溪中一群白色的小天鹅在畅游嬉戏，有的不时引颈高歌。

“哎，史方、史圆，我的两个小宝贝。”此情此景，不由让智瑶想起了孩子们。

“没事的，长老院会安排好的。”史伯抚慰道。其实他何尝不牵挂孩子呢？虽然每个家庭，孩子们都由育婴中心分配，与父母都没有直接的血缘关系，但是住在一起时间长了，与孩子们的感情自然会越来越深。

令他们想不到的是，史圆早已经在家门口等候多时了，一起的还有两位长老院的使者，他们奉长老院的指派将史圆接回家。

看到父母从远处走来，史圆飞快地跑上前去，和母亲拥抱在一起，不停地啜泣。

“史先生，我们已将孩子安全地交到了你们手中，我们的任务完成了。”两位使者拱手说完，就回长老院复命去了。

“谢谢使者。”史伯说道。

“孩子，他们没有欺负你吧？”智瑶抚摸着史圆的脸蛋，疼爱地问道。

“妈妈，没有。只是你和爸爸离开后，我十分想念你们。”妈妈太矮了，否则史圆肯定会伏在妈妈的怀中撒撒娇。

“哎，真委屈你和史方了。”他们去找颜正先生的时候，史圆还在家里熟睡，所以她并不知情。他们也没想到会那么快就被“请”到思过室，史伯抱歉地说，“都是爸爸妈妈做得不好，让你受委屈了。”

“不，爸爸妈妈，你们做得对。”史圆抓起了粉嫩的小拳头，一本正经地说，“孔飞和莫雨都是我们的好朋友，我们要保护他们。”

史伯和智瑶看到孩子严肃又可爱的样子，“呵呵”地笑了。

“进屋吧！我们成功了，回家庆贺去。”史伯夫妇各自牵着史圆的一只手高高兴兴地回家了。

“等一等，史先生，请留步。”当他们就要跨进家里的时候，那两个使者突然健步追来。

“难道又有什么变故吗？”智瑶心中充满疑惑。

“还不清楚，看样子不是有什么变故。”史伯猜测说，“应该是有什么重要事情要我们去办吧！”

“爸爸妈妈，你们别害怕，我来保护你们。”史圆伸开两手，站在史伯和智瑶的前面，拦住了使者，她觉得哥哥不在，自己就要扛起家庭的重任了。

这孩子，似乎一夜间就长大了，史伯与智瑶相视一笑。

“史先生，刚刚接到长老院的命令，请你们全家配合研究院的姜先生和医务院的方先生，一起到荒岛寻找那两位外来的小孩，并且护送他们回来。”

“是吗？小孩子也去？”史伯以为自己听错了。

“是的，长老院是这样说的，因为他们是好朋友，有利于感情沟通和语言交流。”使者回答道。

“好的，我们去，我们这就去。”史圆听使者这么一说，兴奋得跳了起来。

“一切都已经准备好了，就等你们了。”使者说道。

“那好吧！”史伯看了看智瑶，无奈地苦笑了一下，看来是无法回家休息了。

“我也很记挂孔飞和莫雨两个小孩子，不知道他们现在怎么样了。”智瑶对史伯说道，“咱们累就累点儿吧，不要紧。”他们跟在使者后面匆匆忙忙地出发了。

水陆两栖车是桃花源村唯一的交通工具，它两头尖中间宽，外形如梭，长有八米，宽两米，无人驾驶，每辆可坐十人。

当他们到了村口时，有两辆两栖车已等候在那里，姜先生和方先生带领工程院的四个工人正在那里闲谈，另外还有两个使者也恭恭敬敬地站在一边。姜先生，叫姜艺，是研究院副院长，从事设备制造研究，在稀有金属铼的应用方面有丰富的经验；方先生，叫方虹，是医务院副院长，长期从事病毒学研究，造诣很深，在应对超级细菌方面有独到研究。

找两个小孩子，要这么大阵仗干什么？难道还有其他特殊任务吗？史伯和智瑶对视了一眼，心里都有这么一个疑问。

“史先生，辛苦你们一家人了！”姜艺和方虹上前一步拱手相迎。

“不客气，应该的。”史伯夫妇连忙回礼，同时问询道，“就是不清楚为什么姜先生和方先生也要同去呢？”

“是这样的，昨天押送那个流放的人的两栖车，在靠近荒岛时遇到大风大浪被掀翻了，长老院派我们研究院去，是要将押送的两栖车和使者一起打捞起来。”姜艺回答道。

“长老院派我们医务院去，是要随你们同行，找到那两个小孩子，查清楚有无携带病毒，以便日后将他们安全遣送回家。”方虹接着姜艺的话解释道。

史伯与智瑶听了他们的话之后心中都无比的高兴，看来孔飞和莫雨这两个小孩回家真的有望了。

姜艺、方虹和史伯一家人上了一辆两栖车，使者和工人们上了另一辆两栖车。两栖车像是玻璃屋，车内明亮洁净，座椅使用软性材料制作，坐起来十分舒适。无人驾驶室设置了导航线路，姜艺按下启动按钮，两栖车缓缓向上腾空升起两米左右，便向前行驶。车速在慢慢加快，当时速低于一百公里时，坐在车内可以全方位欣赏外界美景；当时速超过一百公里后，两栖车那层玻璃会自动变成黑蓝色，就像穿上了秀丽高雅的外衣，车内也会亮起柔和的灯光；当时速超过两百公里后，两栖车仍然稳定地行进，车体既没有晃动也没有丝毫杂音。

也就十几分钟的样子，两栖车便到了湖边，开始驶向荒岛。

“为了安全起见，女士们、先生们，请穿上救生衣，两栖车即将驶入湖中。”车内响起一个女性温柔的声音。

大家从车底下抽出一个红色小包，打开之后，里面的救生衣自动充好气。史圆在智瑶的帮助下，也将救生衣穿上了。

两栖车在湖面上行驶，除了速度没那么快之外，与陆地上没有两样，说是行驶，其实就是掠水飞行。因为速度不快，车上的人也可以欣赏外界的美景。

“姜先生，你们研发的两栖车越来越完美了。”史伯赞赏道。

“史先生过誉了，这是研究院各位同人集体的智慧。”姜艺谦虚地说，“而且还离不开你们学习院对人才的勠力培养。”

“对，还有医务院对我们健康的保障，好的身体才是实现梦想的基础。”史伯接口说道。

“你们过谦了，我们身体再好，都有老的时候，最后都要到老人院去。”方虹回头对智瑶说，“智瑶女士是我们老人院的院长，她最有发言权，大家说是不是啊？”

“大家都坐在同一条船上，不，是同一辆车上，谁都离不开谁。一个村的发展，每个人都在发挥自己的聪明才智，每个人的作用都同等重要，你们就不要互相恭维啦！”智瑶笑着说道。

“智瑶女士教训得对，我们堂堂七尺男儿反而见识短浅。”姜艺也笑了。

“我可不是你们臭男人。”史圆嘟着嘴说道。

大家听史圆这么一掺和，都大笑起来，史圆也红着脸跟着一起笑了，两栖车上装满了笑声，装满了欢乐。

“到了，女士们、先生们。”车上喇叭响了起来。

两栖车稳稳地停在荒岛码头一块平整的草地上。车门缓缓敞开，一股柔风掠过大家的脸庞。双脚踏实地踩到荒岛的土地上，大家不由深深地吸了一口岛上新鲜的空气。

“真美呀！”史圆张开双手，似乎要与荒岛拥抱在一起。

“是的，这是多么美丽的一个小岛啊！”智瑶也感慨万千地赞叹起来。

荒岛是村里专门安置流放者的地方，因为是禁地，所以他们从来没到访过。一直以来，在他们的想象当中，这个神秘莫测的地方应该就是一个寸草不生的荒芜之地。现在，当他们踏上这个岛时，岛上如画的风景完全征服了他们每一个人。

“这哪里是什么荒岛，分明就是一个神仙岛。”姜艺说道。

“在这个岛中生活，我们村的犯人真的成了活神仙啊！”方虹也笑道。

“这个岛是一个禁地，除非情况特殊，是谁都不能进入的。”史伯说道，看大家脸色怪异，他继续解释道，“我们村的《祖录记》里有记载，‘北湖有岛，备诸灵异，吾之村民，禁地勿入’。”

“这个记载，是说荒岛这里常会发生灵异之事吗？”智瑶疑惑地问道。这晴天丽日下的美丽的荒岛，哪里像是有灵异之事发生的地方呢？

“《祖录记》是这样说的，我也不清楚。”史伯耸了耸肩回应道。

大家没有争论，按照长老院的分工，姜艺率领工程院的四个工人和两个使者作为一队，带着设备出发了，他们的任务是要找到那艘沉于湖中的两栖车和两个使者，对于那个流放的村民，长老院倒没有特别的交代。

史伯夫妇一家人，还有方虹和另外两个使者作为一队，由史伯负责带队，主要任务是找到孔飞和莫雨两个孩子。任务里面并没有说到小多多，因为长老院至今还不知道小多多仍然活着。

两队人马互道珍重之后，就各自出发了。

十二　石洞密室

只听见“咕噜咕噜”一阵沉闷的声音，脚下的地面也跟着颤抖起来。再往前看，却见那些桌椅开始不断地转动，或前或后，或左或右，好像站错队的学生正在重新找到自己准确的位置。不一会儿，那七张椅子就整整齐齐地排成了一列，紧接着那圆桌开始向后缓缓地移动，一个一米见方的洞口赫然出现在他们的面前。那个洞口不时透出或白或蓝的神秘亮光，隐隐还能听得到“嗡嗡嗡”的似机器发出来的轰鸣声。

当史伯他们坐着两栖车登上荒岛的时候，小多多等人刚好转到山峰的另一侧。他们要去的山洞是在山的背面，所以不容易被上岛的人发现。

山洞在半山腰，下面就是悬崖峭壁。汹涌的波涛一浪接着一浪不停地冲刷礁石，似凶恶的魔鬼张开大嘴要吞噬整个荒岛。

来到洞口，孔飞抬头，见上方刻着“桃花观”三个粗犷飘逸的大字。莫雨探头往下一看，陡然间一阵眩晕袭来，吓得她“啊”地尖叫一声，被孔飞拉着急往后退。

“一定要注意安全，否则你要变成飞天神女了。”小多多说道。

“你咋知道的？飞天神女可是敦煌莫高窟壁画中的人物。”孔飞奇怪地问道。

“是吗？我说的飞天神女就在我住的山洞里面。”小多多说道。

山洞的洞口是边长约三米的规整的正方形，进去之后，是一条五十多米长、笔直的通道，通道光洁平滑，似乎经过了打磨，顶部平坦，像涂了一层釉。靠着湖泊这个方向，每隔十米左右，就有一个大小相近的直径半米的圆形洞口，或许是用来采光和透气的。

“小多多，你找到这个山洞的时候就是这个样子吗？”孔飞问道。

“是的，我找到这个山洞时就是这个样子。”小多多回答道。

看来，这个山洞并不是天然形成的，而应该是有人用专门的机械设备切削而成的，可这样的工程在远古时代又怎么可能完成呢？让他们兴奋的是，在通道墙壁上，刻着许多符号和象形文字，遗憾的是他们几个人没有一个人认识这些符号和文字。

“就在这里，你们过来看看我说的‘飞天神女’。”向前走了有三十多米，小多多用手指着通道的一处壁画。

史方曾经被小多多带来过这里玩，对眼前这一切并不感到奇怪，但是孔飞和莫雨则不同，他们瞧这儿看那儿，兴奋不已。他们细看小多多指着的壁画，但见那飞天神女脸如鹅卵，容貌俊美。她上身半裸，身材曼妙，凌空飞舞，衣袂飘逸，姿势优美。再看她的周围，云彩朵朵，香花飘落，颇有“天花乱坠遍虚空”的诗情画意。

“咦，旁边还有几个细字。”莫雨说道。

果然有一个落款，不认真看还真的被忽略，那是“长庚李白”四个细字。

李白擅长作诗，难道还会作画？这《飞天神女图》真的是他的手笔？这可把孔飞和莫雨看呆了。不过在李白诗作《古风·其十九》中也确实有描写飞天神女的诗句：“素手把芙蓉，虚步蹑太清。霓裳曳广带，飘拂升天行。”描写的不就是这样灵动的飞天神女吗？

“孔飞哥，你在想什么呢？”看到孔飞这么入神，莫雨问道。

“我在想，这幅画笔法是那么流畅明快、飘逸潇洒，与李白的诗风是一样的，八成是李白的真迹。”孔飞回答道，“李白不仅诗写得好，看来画画得也好。”

“他可是我们村的历史名人，性格桀骜不驯，他一直在外滞留不归，据说原因之一是他要访道求仙。”史方这时候插话道，“村里有传说，李白曾在一个叫紫极宫的地方，请道士高天师授了道箓，成了一个道士。”

孔飞沉思，有可能他在云游四方访道求仙的时候，也曾到过敦煌莫高窟游历过，所以才有这“飞天神女”图画在这里，不过这已经无法考证了。

“李白是‘诗仙’，他应该早就成仙了，用不着我们在这里讨论。”莫雨脸上笑着说道。

“呵呵，对，‘小喜鹊’说得对。”大家听她这么一说，也不禁笑了起来。

他们离开原地，继续前行二十多米，通道往右拐了一个弯。这时候一个高五六米、面积达八十平方米的圆形大厅赫然出现在他们眼前。大厅里面随意地摆放着一张圆桌和七张椅子。

孔飞和莫雨觉得无比惊奇的是，摸上去，这桌椅手感十分奇怪。他们发现桌椅的材质十分特殊，既不是什么木材和塑料，也不是钢铁和石头，但是却比钢铁和石头更加坚硬和笨重，根本移不动。

“你们看出什么问题了吗？”小多多忽然问道。

“我先说。”莫雨赶紧举起右手，“这些桌椅的材料很特殊？”

“孔飞，你呢？”小多多继续问道。

“你看，这椅子东一张西一张的，似乎很混乱，但是我发现，它们似乎是按照北斗七星的顺序摆放的。”孔飞说道。

是吗？孔飞怕他们不明白，便向他们一一解释起来，七张椅子刚好对应着天枢、天璇、天玑、天权、玉衡、开阳、摇光等北斗七星。

“这个圆桌呢？不是多余了吗？”莫雨觉得诧异。

“‘小喜鹊’，别急，我还没说完呢！”孔飞继续说道，“在古代，这排成勺形的七颗星被称为‘北斗’，而通过勺头的两颗星连线，朝斗口方向延长约五倍远，就可找到北极星，所以这圆桌其实就是北极星。”

“对，想不到孔飞上知天文，下知地理，知识那么丰富。”小多多称赞道，“我也是听恩师说的，他说古人都是根据初昏时北斗七星斗柄所指的方向，来判明季节，斗柄指东，天下皆春；斗柄指南，天下皆夏；斗柄指西，天下皆秋；斗柄指北，天下皆冬。”

“哎，你们都知道，就我一个人不知道。”莫雨嘟着嘴说。

“不，还有我。”史方也说道。

孔飞和小多多被他们逗得“呵呵”笑了起来。

“对了，你的恩师呢？在家吗？”他们这时才想起了正事。

是啊！以前恩师一般是坐在这里打禅，等自己送生活用品的，现在不在这里，去了哪儿呢？

“小多多，你不是说恩师在家吗？”孔飞问道。

“是啊！恩师平时很少出去，一般会在这里等我。”小多多挠着头说道，“唉！不过也不必奇怪，我的恩师来无影去无踪，如果他不愿见你的时候，你是找不到他的，如果他要见你时，也许会突然现身在你面前。”

“那他不成了神仙吗？”孔飞想这只有神仙才能做得到啊！

“我也不知道。”小多多说道。

“咦，小多多你看，这是什么？”莫雨眼比较尖，发现干净的桌子上竟然会摆着一根火柴梗大小的小木条。

“会不会是风吹进来的呢？”孔飞对莫雨说的那小木条有点儿不以为然。

“不要动，我看看。”小多多低下头仔细地看了看这根小木条，接着分析道，“应该是恩师留下的，这石洞里再没有其他的小木条，肯定是人为带进来的。”

“分析很有道理，石洞里是没有其他小木条了。”孔飞看了看周围，然后皱眉沉思，“那你的恩师要告诉我们什么呢？”

“是表示‘一’吧？可能是暗示小多多背一捆柴到这里给他。”莫雨装模作样地说，脸上故作深沉的样子。

“不会，不会这么简单。”孔飞瞧了一下莫雨，语气很肯定，他皱眉猜测道，“会不会是指一艘船或是一间房呢？”

小多多坐在恩师平时坐的椅子上，没有说话。他看着这小木条，一头较粗，而另一头却像打磨过，较尖利，恩师用它来干什么呢？

莫雨和孔飞刚才说它表示一个数字或一样事物，是不是？如果不是的话，那它肯定还有其他特殊的含义，那又是什么含义呢？

“小多多，或许这小木条是用来标明方向的呢？”孔飞忽然突发奇想，他看过有关间谍的电影，里面的间谍不就是这样来指示方向的吗？

“对，我的想法被孔飞哥先说了出来！”莫雨也激动地说。

“哟，那你为啥不早点儿说。”孔飞瞥了莫雨一眼，嘲笑道。

“你不是比我大吗？当然动脑筋要比我快一些哟！”莫雨双手叉着腰，很不服气孔飞这样笑话她。

史方听孔飞这么一启发，顺着小木条磨尖的这头往前看，果然有所发现。只见小木条指向的洞壁上，隐隐约约有一个三指大小的太阳图案，如果不注意的话还真看不出来。

“对了，就在这里。”史方拿起小木条站了起来，走到洞壁旁边，“你们看，这里。”他用小木条指着那个太阳图案。

其他人都快步围了过去，他们看到那个太阳图案，实际上是洞壁上切割出的一部分，像是一个按钮，与洞壁紧密地吻合在一起。

他们都怔住了，眼睛瞪得好大好大。可是这太阳按钮干什么用的呢？是不是一个机关？小多多想到这里，试着用手触摸了一下，没有反应；用力往下按、往外抠，也没有反应；顺时针和逆时针扭动，仍然没有反应，那太阳按钮根本就是纹丝不动。

大家都叹了一口气，坐了下来，冥思苦想。

“太阳……太阳……”莫雨喃喃自语，突然抬起头说道，“小多多，既然有太阳，会不会有月亮啊！”

“嗯，‘小喜鹊’也喜欢动脑筋了。”孔飞伸出了大拇指，“就与人类的关系而言，太阳与月亮有同等重要的地位，太阳给我们光明，使万物得以生长，月亮为我们驱逐黑暗与恐惧，使我们内心得以安宁。”

“莫雨说得对，我的恩师也常说，万事万物皆有阴阳，譬如天地、日月、昼夜、寒暑、男女、水火等，世界本身就是阴阳对立统一的结果。”小多多对这两个朋友刮目相看，“哦，又扯远了，现在我们都来找一找吧，也许真的还有月亮的图案呢！”

他们立即分工，小多多和史方为一组，孔飞和莫雨为一组，分别从正反两个方向向前包围搜索。

这样一来，果然有了发现，孔飞和莫雨这一组看到在太阳图案的正对面洞壁上，有一个并不明显的月牙图案。

“找到啦！找到啦！”看来这小木条其实指着的是两个图案。只不过他们发现小木条时，仅仅看到指向太阳图案的这一个方向。

但是大家按呀、扭呀、抠呀，那月牙图案也是一动不动。

他们泄气地坐回椅子上，一时都沉默不语。

是啊！太阳找到了，月亮也找到了，那又如何呢？

“我们再仔细看看，有没有其他遗漏之处，或许因为一时疏忽没有注意到呢！”孔飞建议道。他想，如果能找到一个门缝，那也能说明这大厅旁边会有暗室。

遗憾的是，他们重新查找了一遍，还是没有一点儿发现。

“一点儿都不好玩，要不我们离开这里吧，回村子里去。”莫雨垂头丧气地说道。

盯着圆桌冥思苦想的孔飞忽然想到，既然有太阳、月亮，会不会也有星星呢？这北斗七星和北极星与它们有无关系呢？刚才大家只注意了洞穴的四周和顶部，反而忽略了地面。他蹲了下来，围着桌椅来回观察。

“孔飞哥，你在干什么，丢了东西吗？”莫雨奇怪地问道。

“我怎么就没想到呢？”小多多看到孔飞蹲在地上，马上明白了他的意图，于是也跟孔飞一样蹲下来察看地面，这一回他们果然又有了新的发现。

小多多与孔飞会心一笑，他们同时发现，在地面上沿着桌椅有一条不易被人发现的裂缝，原来地下真的暗藏乾坤。

“太阳、月亮这两个机关，应该就是两把锁，要同时使用才能打开地下的暗室。”孔飞说。

小多多没有吭声，只点了点头，表示同意。

“你们说什么呀？”史方和莫雨莫名其妙地看着他们。

“我和小多多要开锁了，为防不测，你们两个先去大厅外面。”小多多对史方和莫雨说道。

小多多负责转动太阳图案，孔飞负责转动月亮图案。他们深深地吸了一口气，互相使了个眼色，然后同时说了声“开”，接着便使劲地将两个图案转动起来。

只听见“咕噜咕噜”一阵沉闷的声音，脚下的地面也跟着颤抖起来。再往前看，却见那些桌椅开始不断地转动，或前或后，或左或右，像站错队的学生正在重新找到自己准确的位置。不一会儿，那七张椅子就整整齐齐地排成了一列，紧接着那圆桌开始向后缓缓地移动，一个一米见方的洞口赫然出现在他们的面前。那个洞口不时透出或白或蓝的神秘亮光，隐隐还能听得到“嗡嗡嗡”的似机器发出来的轰鸣声。

他们站在原地一动也不敢动，两眼死死地盯着洞口，双脚绷得紧紧的，只要里面有妖魔鬼怪出来，他们就会死命地往外逃跑。

等了好一会儿，里面却一点儿动静也没有。他们稍微松了一口气，屏住呼吸、蹑手蹑脚地走到洞口边。从洞口往下看，他们看到有一条楼梯似的石级呈弧状往下延伸。小多多用手指了指下面，意思是下去看看，大家点了点头。小多多胆子大，走在前面，孔飞第二，史方第三，最后是莫雨。他们猫着腰，沿着石级试着一步一步地往下走，生怕被下面的人发现。

当眼睛能看到下面的全景时，他们吃惊得张大了嘴巴，心脏怦怦直跳，神色不由紧张起来。这是一间如斧凿一样平整的圆形石室，直径有十米，高有三米，里面摆满了各种仪器设备，屏幕按钮不断闪烁并发出“唧唧咕咕”的声音。原来他们在外面看到洞口透出来的亮光就是这些仪器发出来的。让他们疑惑不解的是，里面竟然空无一人，那么这些仪器由谁在操作呢？难道它们自己运作？

“你看得出这里像什么吗？”小多多问孔飞。毕竟外面的世界更加丰富多彩，能见多识广。

“不知道，这里看上去像是飞机的一个驾驶舱。”孔飞猜测。

“像是实验室。”史方说道。

“我也不知道。”看到小多多望着自己，莫雨赶忙说。

“我在这里住了那么多年，竟然一点儿都不知道自己的脚下还有一个密室，想一想我真的十分窝囊。”小多多感慨地说。

“是那个恩师向你隐瞒了什么吧？”孔飞道，“但是他为什么要这样做呢？”

“是啊，恩师对你那么好，他为什么要这样做呢？”史方也觉得很奇怪。

“恩师将我从狼窝中救出来后，我们一直生活在这里。”小多多回忆说，“有时候我出去了，回来不见他，哪里都找不到他，当我回来的时候，他却突然出现在我面前。现在想来，他应该就在密室里。”

“那就对了，但是现在他却不在这里，他又到哪里去了呢？”莫雨说。

“也许恩师就在这里，我们再仔细找找看吧！”小多多想，恩师一定有什么目的，否则不会指引他们到这里来。

“我想摸一下这些仪器，可以吗？”看着这些闪烁的神秘设备，莫雨忽然心生敬畏，手刚伸出去但又赶快缩了回来。

“不，不能。”小多多赶忙大声制止，谁能保证乱摸乱按会不会发生什么异外呢？

“‘小喜鹊’，还是不要随便乱动，也许他们正在某个角落暗中观察着我们的一举一动。”孔飞说道。

“他们？谁？”莫雨语气明显紧张起来，她抬起头四处瞧了瞧，后背凉飕飕的。

“就是他们，我也不知道，但是总觉得似乎有一双眼睛在盯着我们。”孔飞说。

“我也有这种感觉，所以还是不要乱动才好。”史方跟着说道。

“孔飞哥，我们还是走吧！我有点害怕。”莫雨听了他们的话，头皮有些发麻，她想还是离开这里好。

其实，下到这个密室后，和莫雨一样，大家的心里一点儿都不踏实。不管是谁，在面对一个陌生环境的时候，都会产生紧张和焦虑感。

既然莫雨都说出这样的话了，他们就一致决定尽快离开这里。

十三　智能背叛

码头附近，几个村民姿态不一、横七竖八地倒在地上，看得出他们是在毫无思想准备的情况下受到突然攻击的。他们的症状跟史伯夫妇一样，脸扭曲变形，身体蜷缩在一起。可能因为忍受不了巨大的痛苦，有的人用手撕扯着自己的头发，有的人把自己的脸挠出了一条条血痕，整个场面惨不忍睹。

当小多多他们决定从原路返回的时候，忽然一阵沉闷的声音从地底传来，紧接着石级缓缓收缩至洞壁里面，密室竟慢慢地旋转起来，仪器设备的灯光也忽明忽灭，闪烁不停。正在他们手足无措的时候，顶部一束强光射了下来，刺得他们无法睁开眼睛。他们顿时觉得天旋地转，一时无法控制自己。

遭了，密室旋转速度明显地越来越快，当他们意识到了危险的时候，双腿已经根本不能迈动一步。

“快逃。”小多多大喊一声，但是话还没有说完，四个人就一个紧接着一个软绵绵地昏倒在地上。

也不知道时间过了多久，小多多第一个苏醒过来。他左手擦了擦困乏倦怠的眼睛，右手握拳敲了敲仍有点眩晕的脑袋，然后察看周围的情况，但见密室已停止转动，仪器还是跟原来一样在运行，似乎没有发生过任何事情一样。他从地上爬了起来，再看看身边，发现孔飞和莫雨还在昏睡着。

“孔飞，醒来，快醒来。”小多多摇晃着孔飞的肩膀呼喊起来。

“什么事？发生了什么事？”孔飞一个激灵坐了起来，睁开眼睛，急忙问道。

“你说呢？”小多多看到孔飞这一惊一乍的样子，哈哈大笑起来。

“我好像刚刚在做着一个梦，接着就被你吵醒了。”孔飞说道。

“做的是什么美梦啊？你说出来听听。”小多多逗他。

“哎，记不清楚了，忘记了。”孔飞摇了摇头，接着又点头说道，“噢，我想起来了，密室旋转起来，我们就昏倒在地上了，不是吗？莫雨呢？”

“你看，那边，可能跟你一样，还在做着美梦呢？”小多多指着躺在另外一旁的莫雨，笑着说道。

“‘小喜鹊’，‘小喜鹊’。”孔飞走了过去，用手指捏着莫雨的鼻子喊道。

“谁呀？吵死人了！还让不让人睡觉啦！”莫雨拉开孔飞的手，翻了个身，继续沉沉睡去。

“有蛇，有蛇，蛇来了！”孔飞忽然大喊一声。

“哪里？哪里？”莫雨一下子跳了起来，踮着脚尖站到一边，两眼四处寻找。

看着莫雨这搞笑的样子，小多多笑得前俯后仰，孔飞则笑得抚着肚子直喊痛。

莫雨被他们这样一捉弄，头脑已经清醒过来了，她板着脸说道：“你们就笑吧，继续笑吧，笑够了就告诉我。”可是说完后，她也忍俊不禁笑了起来。

史方这时也醒了过来，懵懵懂懂地问道：“你们笑啥呀？”

“没啥，没啥。”小多多答道。

大家喘了一会儿气，坐在地上回忆刚才究竟发生了什么事情，但是谁也想不起来。

就在他们准备离开这个神秘的密室时，忽然又听到了“叮叮叮”的声音，接着东边的墙面像戏台的布幕般慢慢往两边分开，里面露出了一个白色的大屏幕。

他们站了起来，惊讶地看着眼前发生的一切，但见那屏幕亮光一闪，一个虚实不定的人影出现在屏幕上，只见她脸长似蛇头，额头平滑向后，脑袋圆如卵石，后脑骨向后突出。

有点儿印象，这是谁呢？对了，是那壁画上的女人，大家不由惊叫起来。

“孩子，任务？”女人的声音充满了磁性。

“你是谁？我为什么常常在梦中见到你？”小多多问道。

“我是历史，也是未来。”女人回答道。

“你知道我们会来吗？”莫雨好奇地问道，她特意指了指自己。

“孩子，一切皆为定数。”女人说道。

“你知道外面那个世界吗？”孔飞问道。

“那是个被欲望所奴役的世界。”女人说道。

“欲望奴役？”莫雨不解地问道。

“欲望无止境，冤孽何时休。”女人说完后摇了摇头。

“你一直在说‘任务’，是要我完成什么事情吗？”小多多问道。

“是的，孩子，桃花源村即将发生一场劫难，而这场劫难需要你和朋友们的智慧和勇敢才能化解，你们将成为拯救桃花源村的英雄。”

“劫难？什么劫难？”大家听完后，眼睛里冒出一个大大的问号？

“如果你们不及时制止，劫难将会无休无止，桃花源村将有消亡危险，去吧！勇敢的孩子们。”女人说完后就闪身不见了。

大家再看那屏幕的时候，墙面已经慢慢合拢，完全看不到丝毫裂痕。

“你们相信她的话吗？”莫雨有些将信将疑。

“我相信她，我的梦境中已多次看到她，我想这一定不是偶然。”小多多说道。

“是谁要毁掉桃花源村呢？难道是那些机器人？”孔飞心中充满狐疑。自从见过村里那些智能机器人后，他总有一种不祥的预感。

“我想回村看看爸爸、妈妈和妹妹。”史方突然有点儿心慌不安，他也不知道为什么。

“要不，我们都回村子看看吧！回去之后就会真相大白了。”莫雨轻声地提议道。

看来也没有什么更好的主意了，大家决定立即回去。

大家迈上石阶，按原路返回。刚出了大厅，忽然听到身后响起了“滋滋”的声音，回头一看，那密室的洞口慢慢地自动合拢起来，接着那些桌椅也左移右挪，像是打太极一样，依次恢复到自己原来排列的位置。

“快看，村子那个方向。”出了山洞，孔飞发现村子那边不时蹿起一阵阵黑烟。

“我们村真的出大事了？”史方的语气十分焦急。自他记事以来，桃花源村一直都是那么和谐平静，村民老少无欺，和睦相处，与世无争，幸福生活。

他们不敢停留，匆匆忙忙地下山，刚进入树林，一只半人高的黑狼突然蹿到路中间，吓得孔飞和莫雨脸色都变了。

“不用怕，是我大黑兄弟。”小多多上前抱着黑狼亲热了一会儿。也不知道他跟黑狼嘀咕了什么，黑狼就往前面跑了。

“快走，前面有情况。”小多多向大家招了一下手，自己先跑了。

跑出树林后，黑狼在埋葬那个流放村民的地方停了下来等着他们。小多多先赶到，他被眼前的惨景惊住了：“快，你们快点过来。”

草地上，史伯夫妇蜷缩着身子一动不动。

“爸爸，妈妈。”史方伏在他们身上惊叫起来。

“史先生，史先生。”小多多蹲了下来呼叫着，摇着史伯的肩膀，见没有反应，用手探他的鼻息，似有似无，再压低身子听听，心脏还在跳动，但是十分微弱。

“怎么回事？他们……”孔飞和莫雨跑了过来，气喘吁吁地问道。

史方全身瘫软，坐在地上，啜泣不止，已痛苦得说不出话来。

“快，把史先生他们扶起来。”小多多指挥大家。

“那边，还有一个人。”莫雨发现了不远处脸朝下倒在地上的另一个人。

“醒醒，醒醒。”孔飞和莫雨把那个人扶了起来，把粘在他脸上的杂草抹掉，不停地呼唤着，可根本无济于事。大家抑制不住心中的悲痛，伤心得流下了眼泪。莫雨则嘤嘤地哭了起来。

“是医务院的方虹先生。”史方对大家说道。

“他们这是怎么啦？难道是中了什么毒吗？”孔飞问道。他们看上去并没有任何伤痕，只是脸扭曲得有点变形，身体也蜷缩在了一起。

“不像是中毒，如果是中毒的话，脸色和嘴唇会发黑的。”小多多分析道，“可是，可是，这症状却又跟中毒差不多，气息微弱，一脉尚存。”

“他们好像在逃生，应该是有人在后面一直追杀他们，但是最终还是惨遭毒手。”孔飞跟着说道。

“可是，可是在桃花源村，谁会这么狠毒呢？”莫雨呜咽着问道。除非有天大仇恨的人，才会干出这种斩尽杀绝的事啊！

“史伯夫妇应该是从码头那边过来，可能是奉长老院的命令来这边找我们的。”小多多猜测道。

“咦，有动静，像有人。”孔飞忽然发现前面的小树林里有树枝在不断地晃动。大家赶快跑过去查看，果真在树林中看到一个人——她脸色苍白，头埋在胸前，无声地哭泣着，全身瑟瑟发抖。

“史圆，是你。”莫雨喊道。

“妹妹，妹妹，你怎么啦？”史方上前一把将史圆拉了起来。

史圆呆在原地，惊恐地看着他们，双目无神，嘴巴哆嗦，说不出话来。在大家的不停呼唤下，她过了好一会儿才回过神来，伏到史方胸前哭了起来，“爸爸，妈妈，他们，他们……”

“我们都知道了。”史方拍着她的后背安慰道，“他们还活着，还活着。”

“是怎么回事？发生了什么事？”小多多问道。

“不，不，你们别问我，我，我真的不知道发生了什么事。”史圆心有余悸地回忆道，“只记得当时爸爸妈妈突然叫我快跑，一直往前跑，别回头。”史圆说这话时仍然惊恐万分。

停了一会儿，她又继续说道：“我只是隐隐约约地听到方虹先生说了一句什么‘使者’的话，其他的我就一概不知道了。”

“他说的是‘使者’二字？什么意思？”小多多有点迷茫。

“使者？难道……”孔飞在心中打了一个问号，“难道真的应了我原来的猜测？”

“他们是从那边的码头过来的，如果我们盲目过去的话，遇到那些凶手怎么办呢？”莫雨不无疑虑地说。

“对，‘小喜鹊’说得有道理。”孔飞对莫雨也有点刮目相看了。经历这么多事情之后，想不到莫雨遇事也开始动脑筋了。

“我也想到了这层。”小多多似乎早就胸有成竹。他抱着大黑狼耳语了几句，就见它站到高处引颈嗥叫起来。不一会儿，大大小小十几只黑狼陆续跑出树林，远远地站在大黑狼的后面。

“我们的战士来了！”小多多像极了大将军，用手向前一挥，为首的大黑狼就率领狼群小跑着前进了。

“要不，你和史圆留下来照顾爸爸妈妈吧。”孔飞想了想，对史方说道。

“不，史圆留下来就可以了，你们这样过去太危险了。我跟着你们，多一个人就多一份力量。”史方回道。

“你们都去吧，我一个人留下来等你们。”史圆把眼泪擦干，心神已平静了下来。

大家拗不过他，只好跟史圆挥手再见，一起紧追慢跑地跟在狼群后面。

此时的码头死一般的寂静，只有一辆两栖车孤零零地停在那里，另一辆两栖车已不见了。水鸟或落在车上，或落在草地上。它们发现狼群跑过来，吓得“啾啾啾”地蹿向高空，有几只胆大的盘旋于上空，观察地面上究竟发生了什么事情。

码头附近，几个村民姿态不一、横七竖八地倒在地上，看得出他们是在毫无思想准备的情况下受到突然攻击的。他们的症状跟史伯夫妇一样，脸扭曲变形，身体蜷缩在一起。可能因为忍受不了巨大的痛苦，有的人用手撕扯着自己的头发，有的人把自己的脸挠出了一条条血痕，整个场面惨不忍睹。

“那个胖胖的是研究院的副院长姜艺先生，另外四个人是工程院的工人。”史方介绍道。小多多掩着鼻子，壮着胆对每一个人都进行了检查。

“真想不到，我们来到荒岛进石洞看了一会儿，出来时竟然就发生了这么多意外的事情。”莫雨对眼前发生的一切感到无法理解。

“走，上车，回村子里看看，也许村民们正遭遇到一场大屠杀。”小多多不无担忧地说。

他们带着狼群上了两栖车，往村子方向飞驰而去。

“这凶手难道不是人吗？一点儿人性都没有，手段也太残忍了。”史方气愤地说道。

“人性？对，会不会是他们？”小多多听史方这么一说，脑子灵光一闪，忽然想到了长老院的使者。

“你有什么见解？”孔飞看到小多多紧锁的眉头舒展了开来。

“孔飞，你看到使者了吗？”小多多问道。

孔飞摇了摇头。

“好，史方和莫雨呢？你们看到了使者吗？”小多多接着问道。

他们也摇了摇头。

“方先生在临死前念叨着‘使者’，刚才史方又说到‘人性’两字，把它们联系起来一想，我就猜测凶手会不会是长老院的使者？”小多多分析起来头头是道。

“可是这不可能啊！”史方说道。小多多分析得是有道理，但说凶手就是使者，他还是难以相信。因为他知道，使者都是按照长老院的指令行事的。

“如果使者忽然有一天不听使唤了呢？”孔飞说道。他的脑海中不由浮现起他的团队研发的擦黑板机器人，在比赛的关键时刻背叛了他们，竟然把老师的脸也擦了一遍。

“对，就像我们人类的大脑出了问题一样，人失去了理智就意味着发疯了，那是什么事情都会干出来的。”小多多顺着孔飞的思路说道。

“嗯，我有点儿明白了。”史方也曾听爸爸说过，那些使者十分聪明，能够不断地总结经验提升自己的能力。

“那使者使用的是什么武器呢？”孔飞自言自语地问道。没有伤痕却能致人昏迷不醒，他们用的是什么致命武器？他想不明白。

“不知道！”莫雨纳闷地说。孔飞哥当初看到那些机器人出奇的冷漠时，就十分怀疑，看来他的怀疑是对的。想到这里，她不由得对孔飞又多了一份敬佩。

“我一时也没有头绪！”小多多长期在荒岛生活，对这些使者也同样十分陌生。

微风轻拂，湖面上泛起细碎的波浪。成群的水鸟“嗥嗥”地叫着，银翅翻飞，熠熠生辉。

两栖车掠水飞行。大家心思全无，一声不吭，都在猜测，究竟谁是真正的罪魁祸首？到了村子里自然就会见分晓了。

十四　英勇反击

孔飞通过瞄准器紧盯着使者，可是手不断地颤抖，就在他犹豫不决的时候，旁边的胡山扳了一下他的手指，轻微的“嗞嗞”声响过后，那个使者刚走到中途，即像棉花吸了水一样缩作一团瘫倒在地上。

村头死一般静谧，让人更觉恐惧。为防止不测，他们将两栖车停在了离村口较远的地方。

车门刚开，狼群在大黑狼的带领下，一只紧跟着一只跃到地上，表现得十分默契。它们站在一起，像是即将要上战场的战士，等待着冲锋的号角。

小多多他们下了车，警觉地观察着周边的环境，发现十分安静。除了树林在微风的吹拂下，“窸窸窣窣”作响外，并没有异常情况。差不多到了村口，狼群开始骚动不安，有些狼还低声嚎叫。

狼这种动物对于杀气是最敏感的，难道村口危机四伏吗？小多多想。

村子里依稀还能听到村民发出的惨叫声。小多多摆了摆手，示意大家停下来，不能再冒险前进了。

他抱着大黑狼耳语了几句，就放它走了。只见大黑狼围着狼群绕了一圈，像是检阅，又像是安排任务。然后自己率先跑向村口，其他狼四散分开，纷纷潜进村子里面。不一会儿，从东边传来一只狼呼唤同伴的嗥叫声，刚才分散开来的狼顿时疾速奔往声音传来的方向。再一会儿，便听到撕咬声和悲嚎声杂乱一团。十几分钟后，声音停了下来，大黑狼摇着尾巴、伸着舌头跑了出来，眼睛里面透着胜利者的兴奋。

小多多知道首战告捷。“好样的，大黑兄弟。”他跑上前去抱着大黑狼，抚摸着它油亮光滑的黑毛。

“这回谜底可以揭开了。”小多多说完，带着大家跟着大黑狼往那个方向跑去。

进了村子，只见街道上横七竖八躺着许多村民，有男有女，有老有少，有的还在呻吟，有的已经气息全无，真是惨不忍睹。他们有的还拿着书报、提着袋子、扛着工具，看得出都是在猝不及防的情况下被袭击的。

家家户户的门都敞开着，里面干净整洁并不零乱，凶手们的犯罪目的非常明确，就是要索取人的性命。

当他们跟着大黑狼来到前街一巷子时，眼前情景着实吓了他们一跳，只见狼群正围着一个人在撕咬。狼群撕咬的不是村民，而是长老院的使者。他的脖子和四肢差不多被咬断了，仅被一些金属丝线连在一起。

进了旁边一户人家，主人夫妇都蜷缩着身子倒在客厅，身下各护着一个小孩。还好，孩子只受了点儿轻伤，但因为身体虚弱，被压在下面无法动弹。小多多、孔飞他们赶紧上去，把两个小孩子救了起来。

“没错，凶手就是使者，他就是屠杀我们村民的罪魁祸首。”史方悲愤地说道。

“真的吗？”莫雨的心中似乎还有疑问。

“可以确认凶手就是使者，这附近没有生人，使者是唯一的‘活人’，杀人之后刚从村民家出来，被狼群发现后围攻。”孔飞已经十分肯定。

小多多点头认同孔飞的分析。

机器人知道杀人？莫雨觉得不可思议。

“他们应该还在行凶。”小多多有点儿着急。

“那我们怎么办？”莫雨说道。

“我们首战取得了胜利，狼就是我们最好的武器，狼群战术就是我们的最好战术。”此时的小多多犹如指挥打仗的将军一样，眼前的狼群就是他最信任的士兵。

“难道村民一点儿都对付不了那些使者？”莫雨还是感到一头雾水。

“这个关键时刻，长老院的那些长老们都躲到哪里去了？”孔飞说，“他们可以组织村民起来反击的啊！”

“长老院是司令部，如果长老院也被控制了呢？”小多多顺着孔飞这个思路进行分析。

“要不，我们兵分两路，一路到长老院那里看看，一路去救护村民。”孔飞冷静地提出自己的主张。

“同意，我带着狼群继续追击行凶的使者，史方带着你和莫雨去长老院，见机行事，如果能制止这些使者行凶当然好，如果我们都制止不了，那就仍然在村头会合退回到荒岛去吧。”小多多显得十分果断。

大家互道珍重，拱手告别，孔飞等三人向长老院进发，小多多则带着狼群继续向前搜索前进。

长老院坐落于村子南边的天和山脚下，并不远，用青石铺就的道路干净整洁，没有一点儿异样。果园里几只小鸟似乎察觉到了危险，“叽叽喳喳”地议论着眼前发生的一切。它们躁动不安地一会儿蹿向高空，一会儿又扑进密林。

史方走在前面，心无旁骛，而孔飞和莫雨则警惕地环顾四周，他们总觉得有人在跟踪着自己，心中惴惴不安。

“长老院这边跟往常一样，没有任何动静，难道使者们都进村了？”莫雨心中一直在祷告千万不要撞见那些恶魔使者。

“可是，越是安静，我越是感到不安，你不觉得吗？”孔飞觉得自己脑后凉飕飕的。

“不会吧！孔飞哥，我胆子小，你可不要吓我啊！”莫雨紧张地看了看四周说道。

“站住，你们是谁？”突然背后传来一声大喝，把三个人都吓得脸色苍白。

“不许回头，双手放到头上，蹲下。”声音再次从背后响了起来。

孔飞望了莫雨一眼，只见她的眼泪已在眼眶里面打转，看来着实吓得不轻。

“你是谁？”孔飞试着和站在背后的人交流。

“现在是我问你？你们是谁？”那个人冷冰冰地说道。

“我们是朋友，不是敌人。”孔飞说道。

“是的，我们不是敌人，我们是史先生家人的朋友，前面那个人是史方。”莫雨连忙补充道。

“是研究院的胡先生吗？我是史伯的孩子史方。”史方辨出了声音，胡先生有时会到他家来拜访爸爸。

“你是史方？”后面的人说话语气开始有点儿缓和。

“是的，是的，我们认识。”史方赶紧回答道。

“哦！那好，你们回过头来，站起来说话吧！”那个人说道。

孔飞和莫雨这时才松了一口气。他们三个站了起来，回过头去，只见后面站着一个中年男子，披了一件银白色黄袍，眉宇间透露着几分冷峻坚毅。他的手上端着一把乌黑奇怪的长枪，枪口朝向前方，似乎时刻准备战斗。

“这两个小孩是谁？”那个人围着孔飞和莫雨奇怪地问史方，“看他们穿着相貌，应该不是我们的村民。”史方正要答话，他又急道，“噢，对了，你们就是外面来的那两个小客人，孔圣人的后裔吧？”

“是的，他叫孔飞，她叫莫雨。”史方向他介绍道。

“真想不到，我们还能遇到活着的村民。”莫雨看着中年男子说道。

“什么？什么？你这是什么话，凭他们这几个烂机器，能杀光我们村民？”中年男子露出怪异的表情，举起枪激动地说道，“我一个人，只一个人，就弄瘫痪了五个烂机器。”

“你说的是什么，什么烂机器？”孔飞看他有点儿语无伦次。

“机器，不知道？你们是外来人，当然不知道，就是他们说的‘使者’。在我眼中，他们就是一台台烂机器。”中年男子不屑地说。

“对，他们当然是机器，是冷冰冰的烂铁。”孔飞说道。如果没有智能芯片操控的话，这中年男子的话也对。

“错了，你错了，他们可是有血有肉有智慧的生命。”中年男子忽然又急道。

孔飞和莫雨觉得这个人真的有点儿不可理喻，说话疯疯癫癫的，这样说也不是，那样说也不是。可是史方对他却十分了解，在村里，他就是个怪人。

“还不知道先生尊姓大名？如何称呼？”孔飞拱了拱手，礼貌地询问道。

“什么尊不尊的，不用那么多的繁文缛节。”中年男子摆着手说道，头却是昂着的。

“哦，忘了告诉你们，他是我们村研究院的院长胡山。”史方向他们介绍道。

“你们就叫我胡哥吧！”胡山接着道。

看来这是一个大大咧咧的人，孔飞和莫雨想。

“这些使者就是胡先生研发的啰！”孔飞猜测道。

“别叫我先生，叫我胡哥。”胡山有点儿不高兴地说，“这些机器是我的最新作品，是高智能机器人，他们可以通过学习和总结不断提升自己的能力，甚至和人一样有着丰富的感情。”他自豪地抬起头，继续说道，“不过，他们能力再强，也逃不出我的手掌心，哈哈哈！”他大笑起来，抬起枪向远处做了一个瞄准的姿势。

“可是，他们现在已经不受你的控制，成了屠杀村民的刽子手，而你还能笑得那么开心。”史方十分生气，他心中的痛苦有谁知道！

“是啊！史伯的家人都被害了，亏你还笑得出来。”孔飞和莫雨帮腔道。

见三个小孩子都在指责他，胡山收起笑容愧疚地说道：“哎，这是我们研发初始没有预料的，程序还不够完美就急着推出来使用，想不到这些家伙进化得竟然如此之快。”他自责道，“程序设计方面的一个小漏洞铸成了今天的大错，我对不起村民啊！好在我及时做好了‘补丁’，这不，我正在赶往长老院去修补程序，想不到会在这里遇见你们。”

“这样说还差不多。”莫雨说道，“我们也是要到长老院，那大家刚好结伴去了。”

“有你们三个小帮手，那我们肯定会稳操胜券了。”胡山说完后，就大踏步向前进发了。

大家走在这青砖条石的古道上，不再胆战心惊了，要知道“凶手”的制造者就在前面，就看胡山的能耐了。

长老院和民房一样也是一个四合院，只是规模较大而已，它修建在山脚处，这里繁花似锦，古木参天，泉水潺潺，景色宜人。

距长老院还有一段距离，胡山叫大家跟着他朝长老院的后山跑去，这里树林茂密，便于隐藏，而且视野开阔，可以清楚地观察到长老院的所有情况。

“按照那些烂机器的学习和总结能力，现在应该会懂得打埋伏了。”爬到后山坡，胡山分析目前的情况后对大家说，“他们应该向前进化了。”

“有这么神速？”史方吃惊地张开了嘴。

“是的，他们的学习能力很强，总结作战经验后会自行修改程序，增强自己应对复杂情况的能力。”胡山进一步说道，“但是我们还不用怕，我估计他们现在最多就是守在大门口，还不会选择其他更隐蔽的地方。”

“你们看到了吗？”胡山指着长老院说，“那门的后面，是不是躲着一个使者。”他改口称这些烂机器为“使者”，看来他也不敢轻视他们了，“只要我们一进门，他会立刻把门一关，接着就是‘关门打狗’，噢，不不不，是‘关门打人’。”

孔飞和莫雨忽然觉得胡山这个人有时候说话也十分风趣。

“胡哥，我看到那柱子后面也有一个使者。”莫雨指着回廊当中一根柱子说道，那个使者笨得真可以，身子是藏住了，但是脚却露了出来。

“哈哈，小孩子的眼力真不错。”胡山笑着看了一眼莫雨，然后转过头问孔飞，“你呢？小伙子，你看到了什么？”

“我看到正对门的一个窗户有一个影子闪了一下，那里面应该也有一个使者”。孔飞说道。

“这些使者虽然知道‘关门打人’战术，可是被两个毛孩子看出了破绽。”胡山叹了口气说道，他对自己研制出来的机器人的表现似乎很不满意。

孔飞和莫雨听他这么一说都禁不住大笑起来。史方在一边没有笑，他希望能早一点儿将这些使者解决掉，以救村民们于水火之中。

“可是要解决他们并不容易，还是要看我的能耐。”胡山摸了一下手中的武器道，“这可是我研发出来，专门用来对付他们的，当时也仅是想象他们如果有一天不听指挥怎么办？放了很多年了，想不到真的有这么一天，这些笨蛋竟敢犯上作乱。”

“这是什么武器，有那么厉害吗？”孔飞问道。

“是啊！我有点儿不相信。”莫雨也难以相信，毕竟埋伏点距长老院还有一二百米远。

“不信？”胡山气得脸涨成了猪肝色。他端起长枪瞄准长老院方向，一声轻微的“嗞嗞”声响过后，长老院大门后、柱子后的使者都像软泥一样瘫倒在地上。

“看到了吗？”胡山放下长枪，对孔飞和莫雨说道，“我这是粒子束武器，能将粒子加速至光速轰击敌人目标，杀伤力巨大，那些使者被击中后，身体结构被破坏，电子设备失效，立即瘫痪成一堆废铁。”

这回算是开眼了，三个孩子都惊得张大了嘴，感觉自己进入了一个实战游戏中。

胡山得意地用嘴吹了一下枪口，然后放下手中乌黑锃亮的长枪，脸上露出了只有胜利者才有的笑容。

“可是胡哥，还有一个呢？”孔飞问道。

“你看到的那个吗？不急，等一下他就会出来。”胡山十分淡定地说，似乎他才是这个游戏的导演。

果然如他所料，过了一会儿，窗户后面那个使者蹑手蹑脚地走了出来，偷偷摸摸的样子像是做贼似的。他走到柱子后面蹲了下来，看了看那个倒在地上的使者，然后又站了起来，准备去察看门后那个使者，但他似乎十分警觉，左看右看，确定真的没有危险了才放心地向大门那边走去。

“你来解决吧！外面来的小兄弟。”胡山突然把长枪压在孔飞手上。

“我行吗？胡哥，我可没开过枪。”孔飞推辞道。

“男子汉，来吧！胆量要大些，何况他们可不是人哟！他们是屠杀村民的刽子手。”胡山鼓励孔飞，手把手地教他使用长枪。其实这支枪的使用方法并不复杂，它有瞄准器，能把很远的目标拉到眼前，只要用一只眼对准准星和目标开枪即可，这跟小时候玩的玩具枪并没有两样。

孔飞通过瞄准器紧盯着使者，可是手不断地颤抖，就在他犹豫不决的时候，旁边的胡山扳了一下他的手指，轻微的“滋滋”声响过后，那个使者刚走到中途，即像棉花吸了水一样缩成一团瘫倒在地上。孔飞“啊”的一声，将枪丢到一边，全身直颤。

“行！第一次开枪，神枪手，小兄弟。”胡山用拳捶了一下孔飞的胸膛。

“孔飞哥，这也太神了吧！”莫雨啧啧地称赞道，“走吧，我们下去看看。”

“不不不，我们再等一下，我敢肯定里面应该还有一两个使者。”胡山拉住他们说道，“这里就是司令部，可以指挥全部使者的行动。”

“你的意思是专门有一个使者在指挥这次屠杀行动？”史方感到十分惊愕。

“是的，我想是那两个沉入湖底的使者被救活之后，产生了深深的危机感。他们意识到自己的命运掌握在别人的手中，随时都会有生命危险，于是在荒岛袭击了其他人之后，开着两栖车回到村里，指挥其他使者一起发起了这次叛乱。”胡山解释道。

“想不到机器人背叛人类的事情真的会发生啊！”孔飞和莫雨都曾看过人类与机器人大战的电影《莫斯科陷落》，那惨烈的场面至今让他们记忆犹新。

“走，快点下去，趁那里面的使者还没反应过来，出其不意把他解决掉。”胡山拿起长枪站了起来。

天和山林木葱茏，徐风吹拂，舒适而安静。站在高处，桃花源村一览无余。这是一个园林式的村庄，优美而祥和，然而谁又会想到，一场惨无人道的大屠杀正在这里发生着呢？

十五　夺命营救

桃花源村生死存亡的大事完全托付在这外界来的孩子手上，他的心悬在了嗓子眼。不过还好，现在看到孔飞这熟练的样子后，他悬着的心总算放下来了。哎！早一刻修补好程序漏洞，就可以多挽救一些村民的生命。

村子里，小多多率领狼群向村后一路搜索前进，途中又阻止了一个正在村民家中行凶的使者，救出一个刚刚昏倒的村民。

这个村民是医务院的医生。他苏醒后回忆道，吃完早餐后，夫人准备送小孩上学，他赶着去上班，可是突然听到夫人大声呼救。他刚出客厅想看个究竟，使者就走了进来。对方一挥手，他就感到剧烈头疼，然后晕厥了过去。

“你看到使者使用的是什么武器吗？”这是小多多一直想解开的谜，因为被狼群撕咬而死的两位使者，并没有留下任何武器。

“我也不太清楚，只看到他的手一挥，我的头就剧痛起来，后来就不知道发生什么事了。”医生回忆道。

手一挥？难道使者也会内功？可是这怎么可能呢？这不成了传奇故事？小多多摇着头沉思，这也太不可思议。

“我怀疑使者是在滥用权力。”医生皱起眉头说道。

“什么权力？”小多多追问道。

“长老院派出使者抓捕违反村规的村民时，为防范他们反抗，就赋予了使者一个权力，可以启用一种叫‘微波’的武器。据说这种武器可以使人的生理功能紊乱，扰乱人的神经系统，使人暂时失去知觉。”医生顿了一下，又说，“不过，我只是猜测，因为大家也没见识过这个微波武器究竟有多厉害。”

“这使者真的是大逆不道，竟然使用微波武器屠杀手无寸铁的村民。”小多多想。

从长老院后山下来的路途上，胡山也回答了这一让三个小孩冥思苦想了好久的问题。

“对，这些使者屠杀村民时使用的就是我们研究院研发出来的微波武器。可是使用这个武器是十分慎重的，只有在违反村规的村民不服管理时，得到长老院的授权才可以使用。”胡山说。

据胡山介绍，使用微波武器轻则使人烦躁、头痛，重则使人神经错乱、心脏功能衰竭，甚至烧伤人体内部结构组织。

听胡山这么一说，孔飞不由问道：“难道长老们已被使者控制了？”

“嗯，有这可能。”胡山回答道。

“可能长老们在受到胁迫之后授权给了使者。”史方对长老们的信任有了动摇。

“嗯，史方说得有道理，所以我们要到长老院查清楚才行。”胡山很喜欢这几个爱思考的孩子，不过对长老们他还是有信心的。

很快，他们便到了长老院。胡山轻轻地推开门，握着枪闪身进去，看无动静之后，向孩子们招了招手，孔飞他们也跟着进去了。他们沿着回廊往前面中央机房摸去，那个死在回廊的使者已摊成一堆，不成人样。

找到机房后，他们伏在一扇窗户下面，听到里面并无动静。

“等下我摸到机房门口时，你们用力拍打窗户，吸引使者的注意力，我好及时进去攻击。”胡山悄悄地说。

“好的。”三个小孩的心怦怦直跳。

胡山猫着腰沿着墙角快步走到机房门口，当他正要招呼孔飞他们行动时，忽然从另外一边传来了脚步声。他赶紧又从原路退了回来，与大家一起躲到机房的拐角处。

“你必须听从我们的指挥，反抗是没有意义的。”一个沉闷的声音说道，好像是在规劝另一个人。

“我们长老院是不会屈服于你们这堆废铜烂铁的。你们胆敢屠杀无辜的村民，必将死无葬身之地。”另一个声音响了起来，听得出那大义凛然的正气。

“是红面具长老。”孔飞和莫雨同时小声说道。他们还记得红面具长老的声音。

“长老，如果你们不答应，你们一定会后悔的。”那个沉闷的声音威胁道。

不一会儿，机房的门“吱呀”一声响了，走廊里再无其他声音。胡山探出头一看，走廊很安静，没有任何人。

“估计现在机房里有两个使者，他们在暗处，我们在明处，如果按原计划行动胜算不大。”胡山回过头说道。

“能否来个引蛇出洞呢？”孔飞想了想说道，“譬如我敲打门窗，他们听到声音一定会出来察看，到时候你就可以一个一个地把他们撂倒。”

“嗯，这个主意不错，等我找一个位置埋伏起来，你就可以敲打门窗了。”胡山说完到前面埋伏去了。

机房正前方三十米处有一个廊柱，刚好能挡住一个人。孔飞看胡山已做好准备，便从地上捡起一个石块“啪啪啪”地敲了几下窗户，然后退回原处。

机房里，使者咕噜噜地不知说了什么话，那门便“吱呀”的一声开了，一位使者走了出来。他左看右看，见无动静，摇了摇头就要回去。这时候，胡山突然从廊柱后面闪了出来，单膝跪下，端起长枪，向前瞄准，扳动枪机，一个点射，全部动作前后连贯，一气呵成。

当孔飞探出头来看时，那使者已软绵绵地倒在了地上。洒脱！精彩！孔飞和莫雨不由赞道。胡山说话有时是不着调，但关键时候却一点儿也不含糊。

孔飞想故伎重演，但是等了好一阵子，里面的使者都没有出来，看来前面那个使者没有回来，已经让他加倍警觉。

怎么办呢？贸然进去的话，里面情况也不清楚，容易伤害到自己人。正在他们绞尽脑汁的时候，机房的门“吱呀”一声又开了，一个使者用手提着红面具长老走了出来，那样子真如老鹰抓小鸡。看来他是按捺不住了，把红面具长老当成“人质”扣押在手中。

“外面的人听着，你们尊敬的长老就在我的手中。如果要想他活命，就乖乖地缴械投降，否则明年的今天就是他的忌日。”使者的声音如同从地狱中传出，低沉而阴森。

这家伙有人质在手，要消灭他看来十分棘手，但是如果真的缴械投降的话，那烂机器怎会讲人情？胡山想。

“胡哥，你千万不能出去啊！可不能中了他的圈套。”孔飞心里不断地念叨着。

真想不到，这机器人进步会那么快，竟然也知道通过劫持人质作为与对方谈判的筹码，史方和莫雨感叹不已。

静，死一般的寂静。胡山他们原地蹲着一动也不敢动，除了山风钻进屋子、吹过树林时发出的声音，他们似乎能听到自己“扑通扑通”的心跳声。

现在考验的就是耐心，谁有耐心谁就有主动权，只有以静制动，以不变应万变，寻找到对方的弱点后，才能一招致对方于死地。

“你们再不出来，可别怪我不客气，我要大开杀戒了。”使者再次威胁道。

“‘小喜鹊’，这样等下去不是办法，现在该是我们两个外人为村里作点儿贡献的时候了。”孔飞对莫雨说道，语气似乎有点儿悲壮。

“不，这是我们村里的事情，我来吧！”史方对孔飞和莫雨说道。

“那我们一起出去，大家相互之间还能有个照应。”孔飞说道。

“使者先生，我们出来了，请你高抬贵手，不要伤害长老。”史方一边说话，一边将双手举起来走出藏身的地方，孔飞和莫雨跟在后面。

“你们是谁？”使者看到三个小孩子走了出来，疑惑地问道。他不相信几个毛孩子会有这么大的胆量与他们抗衡。

“我知道，那两个矮个子就是闯入我们村子的孩子。”红面具长老睁开双眼，疲惫地说道。虽然没有见过面，但是他能猜出他们的身份。

“看来，你们已经把我的其他同伴都杀害了。”使者伤感地说道。

“是的，使者先生，我就是让他们休息一下罢了。”这可是报仇雪恨的好时候，史方愤怒得眼睛充血。他一边继续往前靠近使者，一边冷静机智地回答道。

“哈哈哈哈。”使者突然仰天狂笑，然后吼道，“你们都拿命来吧！”他将长老一扔，腾出手就要开启微波武器。

说时迟那时快，红面具长老使劲往上一撞，那使者一个趔趄差点儿摔倒。史方见机会难得，一个箭步扑向使者，将其重重地摔在地上，接着拼命地压住对方。孔飞和莫雨不甘落后，分别拉住使者的两只手，使他无法启动微波武器。

胡山听到情况有变，立即从廊柱后面冲了过来，用枪托对准使者的脸就是一阵乱戳。

就在大家手忙脚乱之际，莫雨力气不支，那使者竟然手一抬，指向了胡山。胡山面色一变，向后一仰，摔倒在地，长枪也掉到一旁。

红面具长老赶紧上前抓起枪对准使者的头部就是一枪，那使者终于像泄了气的气球一样瘫倒在地上。接着他又狠狠地补了一枪，再看那使者，慢慢地收缩成了一堆废铁。

"可恶。"红面具长老骂道。

放下长枪后，他上前扶起胡山，但见胡山喘着粗气微微地睁开眼睛。

"对不起，长老，我们来晚了。"胡山声音微弱。好在他及时向后倒，尽可能避开了微波武器的伤害，但即使是这样，也受伤不轻。

"不，这不怪你们，胡山先生，长老院感谢你们及时相救。"红面具长老感激地说道。

"长老，还谈什么谢啊！由于我们的研发出现疏漏，这些使者才发起叛乱，罪不可恕啊！"胡山涕泪交加，想要跪下谢罪，但是四肢无力，根本动不了。

"胡山先生，现在可不是悔恨的时候，抢救村民要紧。"红面具长老说道，"必须尽快修补程序漏洞，阻止使者继续杀戮，争取将我们村的损失降到最小。"

"遵命，长老。"胡山想站起来，还是失败了，他喘着粗气说道，"可是，现在我——"

"胡先生，我也粗略懂些信息科学知识，也许我能帮得上你。"孔飞主动请缨道。

这个时候，红面具长老才认真地看向眼前这两个孩子，个子不高，两眼透着一股子灵气。他问孔飞：“看来你就是孔圣人的后裔啰？”

“是的，长老，我是孔子的后裔，名叫孔飞。”孔飞作揖回道，同时也介绍了莫雨的情况。

“真想不到啊！千百年来，我们以孔圣人的儒家思想治村，现在还要孔圣人后裔来拯救我们的村子。”红面具长老感叹道。

胡山看了看孔飞，信任地点了点头。红面具长老虽然对外来的孩子不太放心，但是看到胡山这种情况，目前也无更好的办法，死马就当活马医吧！

胡山在史方的搀扶下，勉强地站了起来，慢慢走进机房。里面是一台占地十余平方米的计算机处理器，巨大的显示器占据了整面西墙。孔飞和莫雨叹为观止，这是他们第一次见到如此庞大的计算机。

他们将胡山搀扶到办公桌前的一张椅子上，孔飞搬来另一张椅子在胡山旁边坐下。

“胡哥，说吧，我准备好了。”孔飞深深地吸了一口气说道。在计算机面前，他总是生龙活虎的，似乎总有一股灵感泉涌而来。

胡山叫孔飞从他口袋中拿出一支烟嘴大小的东西，他叫它“云笔”，然后插到处理器上。显示屏上很快便出现一行行文字。胡山让孔飞读懂、识透之后，指挥孔飞按照提示一步步操作。

孔飞在学校就是信息科学的高手，悟性极高，他发现自己所学的知识完全与这里的操作知识相反，但是算法却更加简便容易操作。他很快就熟悉了操作程序，两手熟练地在键盘上“叮叮咚咚”地敲打着，显示屏上迅速出现一串串符号。

在胡山的指点下，孔飞流畅地敲击着键盘，那些符号不断地移动、消失，如此循环往复。

史方和莫雨站在一边，看到显示屏上的那些符号如蝌蚪一样不断地乱窜，一会儿就看得眼花缭乱，头晕目眩。

“孔飞哥，好样的，你可为我们外面的人争了气啊！”莫雨打心底里佩服孔飞。

而红面具长老站在胡山背后，两手交叉于背，他一会儿低头看着孔飞那翻飞的双手，一会儿又紧张地盯着显示屏上那些符号，可以猜测出他此刻的心情同样十分激动和焦急。

是啊！桃花源村生死存亡的大事完全托付在这外界来的孩子手上，他的心悬在了嗓子眼。不过还好，现在看到孔飞这熟练的样子后，他悬着的心总算放下来了。哎！早一刻修补好程序漏洞，就可以多挽救一些村民的生命。

在村子里，小多多也同样十分着急，哎！也不知道史方他们那边怎么样了？

他仍然率着狼群搜索前进。这过程中当然也阻止了两三次使者的屠杀行动，指挥狼群撕杀了两三个使者，但是也有两只狼在搏击中牺牲了。

他决定还是不要盲目前进，一定要选择人群密集的地方进行重点保护。这里到育婴中心已经不远了，那就先到育婴中心去吧！那可是桃花源村发展的希望所在，保护了那里，村子今后的发展就有了盼头。

当他们进入育婴中心的时候，工作人员却跟平常一样在紧张有序地工作当中。这些不速之客的到来，让他们十分惊讶。

难道使者还没有杀到育婴中心？真的感谢上天，小多多看到这里如此安静，心里想。

“你是谁啊？来这里有事吗？”小多多定睛一看，知道他就是那个文先生。

文先生姓文，名锋，是育婴中心主任。

“哦，是这样的。”小多多将村子里发生的一切说了个大概。

“我凭什么相信你呢？小孩。”文先生扶了扶眼镜，看了看这个衣着怪异的小孩，以及他身后虎视眈眈的狼群，露出了疑惑的眼神。

“我，我就是那个婴儿，那个婴儿，知道吗？”小多多想让文先生相信他，一下子却又找不到好的办法，于是决定说出自己的身份。这也许会有用，他想。

“婴儿，什么婴儿？”文先生感到眼前这个孩子有点儿语无伦次。

“就是十年前被你们抛弃的婴儿，那就是我。”小多多的脸涨得通红。

“你，你就是那个婴儿？被抛弃的婴儿？十年前？”这次反而轮到文先生说话不利索了。他以为自己听错了。

“是的，文先生应该记得这件事情。”小多多伸出自己的右手，然后说道，“他们都叫我小多多。”

他的右手果然多长了一个指头，文先生看得真切。他不由感慨万千，可是这又能证明什么呢？使者叛乱可是闻所未闻的事情，天方夜谭啊！他忽然想起了长老院，为什么不与长老院联系一下呢？或许可以证实这件事情。他打开“副脑”装置，直接呼叫长老院，可是只听到“嘟嘟嘟嘟”的声音。他意识到了事情的严重性，这孩子说的事情难道是真的？今天来上班的都是驻守在这里的工作人员，而那些通勤人员一个没到。

“我还有三个伙伴已经赶去长老院，也许会对长老们有所帮助。”小多多进一步解释道。文先生联系不上长老院，想必那边肯定也出事了。

就在文先生心神不定的时候，狼群忽然骚动起来，大黑第一个跑了出去，狼群紧随其后。不一会儿，就传来了狼群的嚎叫声、撕咬声。当小多多和文先生出去察看时，一个使者倒在地上不停地颤抖着，手脚已被狼群咬断。不远处躺着一个受了重伤的村民，他双眼翻白，口吐白沫，看来是活不成了。

“他是育婴中心的工作人员，看样子是脑神经受到了严重伤害。”文先生察看村民的伤情后，沉重地说道。

“使者已经杀到这里来了，文先生，请相信我，别再犹豫了，叫大家马上做好防护准备吧！”小多多着急地说道。

“好的，大家赶紧行动吧！要把全部门窗关闭起来，以防不测。”退回育婴中心后，文先生果断地对全部工作人员下达了命令。

小多多悬着的心总算放了下来。

“想不到啊！真想不到！十年前我们抛弃了你，今天你却拯救了我们。”文先生回头感慨地对小多多说道。

“文先生，已经过去了的事情，就别再提它了。”小多多的心早就十分平静了。

这时候，狼群又骚动起来，有的不停地原地转圈，有的在大门旁来回窜跳，有的则昂起头嗥叫。

“看来又有使者过来了，我们躲到房子里去吧！他们是进不来的。”文锋说道。

他们进了办公室，刚刚坐定，墙上的对讲系统中就出现了两个使者的形象。

“育婴中心，我们是长老院使者，奉长老院的指令前来请文先生到议事厅议事，请开门让我们进去。”使者语气柔和，温文尔雅，看不出任何破绽。

“请开门吧！事情紧急，耽误不得。”见无应答，使者表情不再谦和，略带不快。

“不用欺骗我们了，你们正在屠杀我们的村民，我们都亲眼看到了，你们这些凶恶的刽子手。”文锋说道。

“你们不要误会，我们是在帮你们清理异类，你们不要害怕。”两个使者听文锋这么一说，忽然圆瞪双眼，提高嗓门说道。

“看来这些使者真的是叛乱了。”文锋眉头紧锁，他沉思了一会儿，然后吩咐外面的工作人员，“叫大家将婴儿都转运到地下室。记住，是全部，一个都不能落下。”

阴云笼罩着桃花源村，天空淅淅沥沥地下起了毛毛细雨，空气中似乎能闻到一股血腥的味道。

原来文先生并不是真正地相信自己。小多多心里多少有些不是滋味。

“桃花源村自建村以来，路不拾遗，夜不闭户，村民和谐相处，生活安定有序，从来没有出现过任何暴力事件。使者的突然背叛是大家无法想象的事，全村都没有做任何防范措施，村民们现在是刀俎上的肉，任他们肆意宰割。”文锋的语气带着哀伤。

育婴中心的大门经不起撞击，很快就歪在了一边。使者们刚要进来，十几只狼就在大黑的带领下，张开血盆大口毫不留情地扑向他们。

这些使者仅仅积累了对付人的经验，面对凶狠的狼群却束手无策，搜索不到一点儿应对的信息，于是只能任由狼群撕咬。不一会儿，两个使者都被咬得七零八落，只剩下眼睛还在骨碌碌地转动。

“凄风细雨何连绵？昼暗如夜飞湿烟。”这惊险惨烈的一幕，让育婴中心所有工作人员都唏嘘不已。

十六　荒岛老人

爬到山上，他们突然看到山洞的洞口处正站着一个身穿黑袍的老人，只见他缓缓地转过身子，微笑着看着他们。老人头扎蓝巾，脸阔鼻方，眉间有光，双耳垂肩，皱纹如壑，目光深邃，面目慈祥。孔飞和莫雨竟看不出他有多大年龄。

长老院机房里，红面具长老不安地来回走动。此时此刻，用心急如焚来形容他的心情也不为过。是啊！时间一分一秒地流逝，村民的生命每时每刻都受到死亡的威胁。桃花源村建村几千年，难道真的就毁在我们这几位长老的手中？

史方和莫雨双眼紧紧地盯着显示屏，大气都不敢喘一下。现在就看胡山和孔飞的本事了，只有他们两个能够阻止使者的疯狂杀戮行为。

胡山的头还很疼，但他躺在椅子上，一点儿也不敢松懈，视线一直停留在显示屏上。孔飞的双手没有离开过键盘。机房闷热、内心急躁，使他的双颊很快潮红起来，额头渗出豆大的汗珠，可他顾不上擦一把。

室内充斥着“嗒嗒嗒”的键盘敲击声，屋外则是“哒哒哒”的落雨声。半个小时过去了，一个小时过去了……每个人的内心都饱受煎熬。

忽然，“砰”的一声，孔飞双手一拍桌子，猛地站了起来，上前一把拉起胡山摇晃着，同时一阵大笑，把大家吓了一大跳。

“胡先生，成功啦！我们成功啦！我们成功啦！”孔飞兴奋地大声喊道。他忘记了胡山还有伤在身。

奇怪的是，胡山竟然稳稳地站住，他两眼放光，跟着狂笑道：“你以为你是谁？我可是胡山啊！能斗得过我？等下辈子吧！

小子，你真行，好样的。”

红面具长老看着显示屏上一串串符号慢慢地消失，双手鼓起了掌，然后快步上前紧紧地与孔飞和胡山抱在一起，可以看出面具后面，早已是老泪盈眶。

史方和莫雨也开心地笑了。总算成功了，小多多那边的搜索保护行动终于可以结束了，他和狼群究竟到了什么地方呢？

在育婴中心，视频监控中再次出现了两个使者，他们一前一后地向这边走来。文锋紧张地对小多多说道：“有两个使者又冲这边来了。”

“咦，怎么了？文先生，快看，使者突然离开了。”小多多说道。

难道他们知道这里有危险，不敢来了？文锋一时摸不着头脑。

“明白了，我明白了，我的两个朋友在长老院得手了。”小多多高兴地说道，“我想很快就会知道确切消息了。”

小多多的话刚说完，文锋的“副脑”装置就响了起来，“真的，长老院来消息了。”

“乡亲们，我们胜利啦！”文锋大声地念着长老院发来的好消息。

“孔飞、莫雨，你们真棒！”小多多兴奋地跳了起来。

“我们得救啦！我们胜利啦！”工作人员纷纷从屋子里面走了出来，高兴地呼喊道。

育婴中心响起了欢呼声，大家激动地相互拥抱、握手。村子里这一刻也沸腾起来，鞭炮声震耳欲聋，绚丽夺目的焰火映亮了灰暗的天空，村民们自发地庆贺灾难的结束和胜利的到来。

“再见啦！文先生，我也要去长老院找我的朋友了。”小多多等不及文锋回话就奔出去了，大黑和狼群紧跟在他后面离开育婴中心。

雨水慢慢地停了下来，太阳冲出黑云的重重包围，反而把黑云染成紫红色。

去长老院的路上，小多多看到村民们擦干泪水，扶老携幼，积极地开展救助工作。医务院门口挤满伤员，医生、护士和志愿者们忙得不可开交，没有喧哗的声音，一切都井然有序。

前面就是坐落在天和山脚下的长老院，史方、孔飞和莫雨一个跟着一个飞一般地从里面跑了出来。

“小多多！”

“史方、孔飞、莫雨！”

四个人重新相聚，紧紧地拥抱在一起，热切地问候着对方。

“长老院正在开会议事，我们就出来了。”孔飞对小多多说道，“好在叛乱的使者为了要挟长老们，只是将七个长老囚禁在一起，并没有伤害他们，这是不幸中的万幸。”

“长老院已经知道了我们的情况，对我们四个人拯救村民的行动表示最崇高的敬意。”莫雨拉起小多多的手摇着说，“他们说正式接受你为桃花源村的村民，你将享受与其他村民同等的待遇，祝贺你啦！”

小多多将手抽了出来，平静地说道：“不，我已经习惯了在荒岛上的闲云野鹤的生活。”

“你不想回到村子里来过正常人的生活吗？”孔飞问道。

“还是以后再说吧！现在我要回荒岛去，那是大黑它们真正的家。”小多多蹲下来抱着大黑，这次拯救行动大黑和它的伙伴们功不可没。一会儿，他抬起头来说道，“我还要回到荒岛去找恩师，也不知道他现在怎么样了。”

“我也要回荒岛上去救回我的亲人。”史方伤心地说。

“好吧！我们陪你回荒岛，反正也不急着回家。”经过这么多波折，孔飞觉得自己和史方、小多多感情日深，已经不分彼此，朋友的事就是自己的事。他接着问莫雨，“你想家吗？要不你先回家吧！也许伯父伯母在家里想你想得发疯了呢！”

“史方和小多多都是我们的好朋友呢！我当然要和你们一起行动。”莫雨对孔飞说这么生分的话感到有点儿生气。

说走就走，他们一路上继续交流分手后各自的行动，大家不由十分感慨。再次回到荒岛的时候，一切还是原来的样子。史圆一个人照顾着爸爸妈妈，见大家回来了，她十分开心，她知道村民们都有救了。而方虹先生则因伤势过重离开了人世，按照桃花源村的风俗，他会被安葬在村东头的庐山上。

史方悲伤地说他要跟妹妹陪护在爸爸妈妈身边，长老院很快就会派人过来救助的。

小多多、孔飞和莫雨理解他的心情，默默地离开了。

“我们还是回山洞去吧！也许恩师已经回来了。”小多多说道。孔飞和莫雨也赞成，毕竟荒岛也就这么大，漫无目的地找也不是办法。

小多多蹲下身子与大黑耳语了几句，大黑就依依不舍地带着狼群跑进了树林。这一次拯救行动中，大黑只受了一点儿皮外伤，却损失了两只狼。目送它们离开后，他们都有点儿黯然神伤，谁说狼不是人类的朋友呢？

爬到山顶上，他们突然看到山洞的洞口处正站着一个身穿黑袍的老人，只见他缓缓地转过身子，微笑着看着他们。老人头扎蓝巾，脸阔鼻方，眉间有光，双耳垂肩，皱纹如壑，目光深邃，面目慈祥。孔飞和莫雨竟看不出他有多大的年龄。

“师父，师父，总算找到您啦！”小多多一阵小跑扑到了老人怀里。在小多多的心目中，老人不仅仅是他的师父，更是他的再生父母。

老人呵呵地笑着，疼爱地抚摸着小多多的头。小多多似乎又长高了，经历了这一次拯救行动后，成熟多了，他很高兴。

“这就是我经常跟你们提到的恩师。”小多多回过头向孔飞和莫雨介绍道。

“老先生，您好。”孔飞和莫雨赶紧过去鞠躬行礼。这个慈祥的老人一看就不是简单人物，他究竟是谁呢？

“嗯，真懂礼仪。”老人一边捋着灰白的胡须，一边点头说道，“孩子们，你们都辛苦了。”

“师父，您知道我们的这次拯救行动吗？”小多多问道。

“你难道忘了我叫你去迎接贵客的事吗？”老人微笑着说道，“这两个孩子就是贵客啊！他还是孔丘后裔，身份特殊，可是贵客中的贵客呢！”老人说完后抚摸了一下孔飞的头。

这位老人真神奇，能知过去未来，就连我的身份，他也知道。此时的孔飞不由心潮起伏。

“这是怎么一回事啊？老先生，您能告诉我们吗？”莫雨心直口快地问道。

“嗯，这事说来话长，孩子们，我们进去坐下来慢慢说吧！”老人微微颔首应道。

到了里面，待老人盘腿坐在了圆桌旁，小多多他们三人才找位置坐下。

“孩子们，你们刚才的拯救行动我都知道了，你们表现得十分机智勇敢。”老人赞许地说道。

“您一直都在我们身边？”小多多几人都露出了惊讶的表情。

“是的，也许你们都觉得十分诧异。”老人说道。

“是啊！老先生，我们觉得这一切的发生都很奇怪呢！”孔飞和莫雨说道。

“是那壁画上的女人，对吧？”老人捋须笑道。

“是的，那是怎么回事呀？”小多多他们三人异口同声地问道。

“你们照过镜子吗？你们会不会觉得，镜子里有一个世界，镜子外也有一个世界？”老人沉吟了一下，解释道。

“嗯，好像是这么一回事。”孔飞插嘴说道。

“对，孩子，实际上除了我们所在的现实世界，还有无数的世界，它们被不同的时空节点串了起来，这样就有了源远流长的历史和无穷无尽的未来。”为了让孩子们更容易理解，老人又打了一个比方，“无数的世界就像同在一条无限长的铁路上疾驰的火车，它们互相联系，谁都离不开谁，每一列火车就是一个世界，每一列火车上发生的事情都有它的偶然性和必然性。”

“所以那个壁画上的女人才会预知到未来？”孔飞想了一想说道。

老人赞许地点了点头。

“壁画上的女人为什么会进入我的梦境中呢？”小多多问道。

“那是因为你从自己这列火车跑到另一列火车上了。就像你在做梦的时候，你的身体还在床上睡觉，但是另一个你却到其他地方去了。”老人很欣赏这些孩子“打破砂锅问到底”的精神。

“这个密室又是怎么回事？”莫雨问道。

“密室？在哪里？”老人转而问大家。

“密室就在我们屋子下面啊！”

大家站起来找那个密室，可是什么都不见了，包括太阳和月亮图案的机关按钮。他们又找座位下的缝隙，也根本不存在。这是怎么回事？大家摸不着头脑。

“孩子们，你们不用再去寻找了。大千世界虚中有实、实中有虚，本就虚实相生。”看到孩子们像无头苍蝇一般，老人不由大笑起来。

受老人乐观情绪感染，大家也笑了起来。

哎，这个老人身上似乎隐藏着许许多多不为人知的秘密，孔飞和莫雨真想老人把心里的秘密全部掏出来给他们看个彻底。

十七　千年约定

“我有理由推辞吗？没有，所以就答应了桃花源村人，想不到，这一承诺竟然牵涉了我千年的精力。”老人感慨地说，“不过，我很高兴的是，这个秘密鲜为人知，而且长老们也‘顺其自然，无为不争’，桃花源村很好地融合了儒道两家思想，绵延两千多年而长青，这是我十分欣慰的。”

老人和孩子们谈笑风生，石洞里的气氛温馨祥和。老人有点儿驼背，眼睛炯炯有神，看上去跟家里的爷爷差不了多少，孔飞和莫雨都觉得十分亲切，没有一点儿拘束感，但这个老人究竟是谁呢？孔飞脑中突然灵光一闪，难道他就是史伯先生说的《祖录记》上记载的那个拿药丸救了村民的老子？

老人似乎知道他们的心事，稍顿一下，说道："你们会觉得奇怪，我究竟是谁，为什么啥都知道，是吧？"

其实小多多也从来没有听师父说过他自己的事，而孔飞和莫雨从一开始便觉得老人神秘莫测，所以听老人这么一说，都拼命地点头。

"你们两个外面来的孩子，知道'老子'这个人物吗？"老人微笑着问孔飞和莫雨。

"您说的是那个李耳吧？我当然知道。"孔飞哪会不知道老子这个历史名人呢！

见老人点了点头，孔飞马上熟练地把老子的生平作了简单介绍。老子，姓李名耳，字聃，字伯阳，楚国时苦县厉乡曲仁里人，约生活于公元前571年至公元前471年，古代伟大的哲学家和思想家，道家学派创始人，被尊为道教始祖。其存世作品《道德经》，是道家哲学思想的重要来源，主张无为而治，对中国哲学发展具有深刻影响。

莫雨仅知道“老子”一名的来由，相传他母亲怀了九九八十一天身孕，从腋下将他产出，老子一生下来就是白眉毛白胡子，所以被称为老子。关于老子的更多事情她就不甚了解了。不过她想，那又怎么样呢？难道老先生与他有什么亲密关系？或者老先生敢说自己就是那个“老子”啊？呵呵，这可能吗？那可是两千多年前的人物噢！想到这里，她觉得自己的想法是那么怪诞荒谬。

“嗯，后人的评价还是很中肯的。”老人频频点头。

“不过，我们的老师曾说过，关于老子的真实记载十分有限，目前能查到关于老子最早的、最可信的记载是司马迁的《史记》。而司马迁只是寥寥数语地提到过老子和孔子处于同一时代，以及孔子对老子的评价。至于老子是哪里人、出生于何处，司马迁也不确定，连老子是不是死了，他也没说清楚。史书上讲到老子西出函谷关后，就再也没有确切消息了。好在出关的时候，在关令尹喜的请求下，留下了五千言的传世经典《道德经》。”孔飞侃侃而谈。

“我就是那个老子，姓李名耳。”老人语气平和地说道。

“哈哈哈哈，您是老子？”莫雨听老人这么一说，直笑得前俯后仰，眼泪都流了出来，这老人是老得脑袋犯糊涂了吧？孔飞虽然有心理准备，但还是感到十分突兀，也跟着笑了起来。

小多多看他们在恩师面前那么不严肃，用手拍了拍他们，两个人才慢慢止住笑声，擦干眼泪。

“老先生，我们有些失态了，对不起。”孔飞和莫雨欠身说道。

“世人不知我的去向也难怪，其实出函谷关后我就调整了方向，隐于此幽静之地修道，此后再也没有出去过，不再过问世事，只有你先祖孔丘一人闻讯后曾到此问礼于我。”老人并没有生气。

“您是道家创始人，孔子是儒家学说的创始人，他提倡‘仁义’‘礼乐’‘德治教化’，儒家思想影响了后人近两千年，许多国家都建起了孔子学院，他还要向你学习？”莫雨插话道。对于孔飞的先祖她当然很熟悉，她印象最深刻的就是两小儿辩日的故事，她不明白孔子这么伟大，为何还要向老子学习。

“儒道之分，乃后人狭隘思想所为，儒道文化实同源而异流，主张不同而已。”老人抚须说道，“孔丘为好学之人，曾四次问礼于我，然及至天命之年才终于悟道。”

“我还是不明白。”莫雨有些倔强。

“你这孩子人小而聪明，要知道，宇宙之大，知识之广，上下纵横，虽智者也不能事事尽知，孔丘自然也不例外。”老人对莫雨称赞道。

“哎！人类在浩瀚的宇宙面前，犹如蜉蝣，渺小得可怜。”小多多也叹道。

“先祖问礼于您，这是有史记载的。”孔飞忽然叹了一口气说道，“先祖曾说，‘鸟，善飞；鱼，善游；兽，善奔；然鸟，可以箭射之；鱼，可以网捕之；兽，可以陷阱擒之；而老子似龙，不知其形，亦不知其何飞'，老先生知识之渊博真的无法形容。"

"道可道，非常道。孩子们，我们大可不必自怨自艾，这就好像在深不可测的大海面前，只要我们掌握了精湛的航海技术，一样可以在海中畅快地遨游。"老人似乎在坚定大家的信心。

孔飞和莫雨点了点头，不过，他们还是不敢相信，如果眼前的老先生是老子，那他现在就是两千五百岁了，难道世上真有长生不老之术？

老人并没有向他们解释不老之秘，而是继续讲他的奇异经历："有一天，我在岛上打坐修禅，忽有村民来此造访，他们就是桃花源村的先民，说因避秦乱世而迁此隐居。"

"您是说，你曾见到过桃花源村人的先民？"孔飞和莫雨更加好奇。

"是的，当他们得知我的真实身份后，为不打扰我在此清修，就与我达成了一个口头约定，桃花源村人今后不能踏入荒岛一步。"老人说道。

"这真的成了一个千年约定了，可以说双方至今都还在严格遵守。不过话又说回来，师父，为什么违反村规的村民却可以流放到荒岛呢？"小多多深受其害，痛在心里。

"问得好啊！"老人叹了口气说道，"唉，说起来，这也是我咎由自取了。其时，桃花源村人视我为圣人，为了教化村民，经我的同意，决定将违反村规的村民托付给我进行教育感化，所以才制定了这么一条村规。后来村人又专门找到我，为了村子的健康持续发展，将培养长老的任务也托付给了我。”

“师父，您都答应了吗？”小多多问道。

“我有理由推辞吗？没有，所以就答应了桃花源村人，想不到，这一承诺竟然牵涉了我千年的精力。”老人感慨地说，“不过，我很高兴的是，这个秘密鲜为人知，而且长老们也继承了我‘顺其自然，无为不争’的思想，桃花源村很好地将儒道两家思想融合交汇，绵延两千多年而长青，这是我十分欣慰的。”

“听说，几百年前桃花源村遭遇空前的大灾难‘大头瘟’时，您还拯救了村民？是吗？”莫雨一直想解开心中这个疙瘩，所以问道。

“是的，其实就是荒岛上的几种草药救活了他们，我不过是举手之劳罢了。那都是历史了。”老人说完后叹了一口气。

“不，老先生，您不仅拯救了桃花源村，您的思想至今还影响着全世界呢！”孔飞说道。

“是吗？”老人捋着胡须爽朗地大笑起来。

“我的思想主张就是‘无为’，我推崇的理想政治境界就是‘邻国相望，鸡犬之声相闻，民至老死，不相往来’，所以，桃花源村才有今天自由自在的清静安逸的生活。”老人回答道。

“自由自在、清静安逸，真好！”孔飞不由想起外面的世界。

“无为，并不是无所作为，而是顺势而为，凡是逆天而行者，乃自取败亡也。一人如此，一国亦如此。”老人似乎了解孔飞的心事，要解开他的心结。

这云里雾里的话莫雨听得有点儿心烦，她插话道："我还是不敢相信，两千多年来，老先生都在这里活得好好的？"她是个执拗的孩子，对没有弄清楚的问题往往揪住不放。

老人当然知道孩子们的心思，他想了想说道："你们应该听过'天上才一日，地下已千年'这句话吧！对于我来说，两千多年的时间，也不过就是弹指一挥间罢了。"老人微笑道。

"老先生的话很深奥，这让我想起了'刘郎已恨蓬山远，更隔蓬山一万重'这个典故，说这刘郎是一个樵夫，一日到山中砍柴，遇到一位仙姑邀请他去洞中做客。七日后，刘郎执意要回家，回到世上才发现已过千年。他想再回去找仙姑，却找不到去路了。"孔飞若有所思地说道。

"嗯，你这孩子的悟性很高，故事说的就是这个道理。"老人点了点头，继续说道，"天下万物生于有，又生于无，众生本来无生无灭。"

无论是小多多，还是孔飞和莫雨，都听得似懂非懂，但许多事情似乎都已明了。

"老先生既然知道使者会背叛，为什么不直接告诉长老们，事先采取预防措施？"孔飞和莫雨都很好奇，继续问道。

"顺自然之理而趋，遵自然之道而行，此乃自然之理。上天有好生之德，定会以它的方式去暗示人们，因此你们才有机会去拯救桃花源村。"说到这里，老人说道，"拯救行动已经成功，孩子们，到长老院去吧！长老们在等着你们这些勇士呢！”

老人说完后翩然而去，当孔飞和莫雨追出来时，老人已经不见了。他们愣在那里面面相觑，好一会儿才回过神来。

“我们也走吧！”小多多说道。

“你的恩师去了哪里？怎么突然间就不见了呢？真奇怪啊！”孔飞和莫雨跟着小多多一边往山下走，一边问道。

“恩师只有愿意的时候才会出现在我们面前。”小多多对恩师的这种怪异行为早已经习以为常。

“我想起来了，有些书上说，老子就是太上老君。”莫雨心中有一种莫名的兴奋，谁说神仙难遇呢？看来老先生真的是神仙了。

当他们三个再次离开山洞的时候，整个荒岛还是原来的样子，而他们却恍若隔世。

十八　荣誉村民

村民们再次热烈地鼓掌，涌上前来紧紧地簇拥着四个孩子……最后，村民们干脆把孩子们抬将起来，抛向空中。而随着孩子们的升起、落下，现场气氛越发热烈。

凉风轻轻地吹拂着脸庞，“唰唰”的潮水声飘进了双耳。小多多、孔飞和莫雨深深地呼吸着岛上的新鲜空气，再次面对这熟悉的环境，他们都感到无比踏实，忧愁一扫而空。

“小多多，小多多。”就在这个时候，山下隐隐约约传来一阵呼唤声。

他们往山下看去，一个熟悉的身影正往这边爬了上来。

“是他，是史方。”小多多说道。

“他不是和妹妹一起陪着爸爸妈妈吗？难道长老院已派人来了？”孔飞说道。

“应该是的，听他的声音，心情已经比以前好多了。”莫雨说道。

再次相见，四个人都感觉到分别了许久。大家互相拥抱，接着又是你推搡我一下，我捶打你一下，然后笑了起来。

“活着真好！”莫雨突然冒出一句。

真是哪壶不开提哪壶，孔飞用力撞了她一下，然后瞟了一眼史方。莫雨赶紧用手遮住嘴巴。哎，自己真的没用。她在心里埋怨自己。

“你们不必在意我，长老院已派人接我爸爸妈妈回去救治了。”史方当然知道孔飞和莫雨的苦心，反而安慰大家。

过了一会儿，史方告诉他们一个好消息：“长老院对你们三个小英雄表示衷心感谢，决定对你们进行隆重表彰。”

“你呢？你不算小英雄？”小多多问道。

“算，我当然也算。”史方不好意思地说道。

清风习习，潮声滔滔。下得山来，大黑早已坐在那里等着大家。看到小多多来了，大黑老远就奔跑过来迎接，小多多也跑了过去一把将它抱了起来。他们亲热着，然后又在沙滩上你追我赶。史方、孔飞和莫雨受到感染，也跟了过去，和大黑一起来回笑啊跑啊跳啊。湖水亲吻着他们的小脚丫，水鸟在湖面上欢快地鸣叫，好一会儿大家才停了下来。

大家与大黑依依不舍地告别了，看着它慢慢地隐进了树林，才继续赶往长老院。

“满树和娇烂漫红，万枝丹彩灼春融。”此时的桃花源村，处处桃花盛开，春意盎然。长老院里更是热闹非凡，张灯结彩，一派祥和。七个长老和村民们，早已在大门两边列队等候，准备欢迎四个小英雄的到来。

远远看到长老院这边隆重的欢迎场面，四个小英雄心里甭提有多高兴了，他们停了下来，用力地拍干净衣服，整了整仪容，然后按高矮顺序列好队后，才迈着整齐的步伐继续往长老院进发，那可爱的样子犹如凯旋的英雄。

小队伍过来后，村民们鼓起了掌，热情地伸出双手和他们相拥。英雄归来的无上荣耀就这样猝不及防地降临在这些孩子的身上。

突然，一个人从长老院跑了出来，一边大喊“孔飞”，一边大笑着冲向孩子们的队伍。他一点儿也不顾及其他人的感受，硬是将孔飞抱起来转圈。他是谁？当然就是那个亦痴亦癫的研究院院长胡山。

“胡先生，把小英雄放下吧！”红面具长老严肃地对胡山说道。

“哈哈哈，总算又见到你们两个了，还以为你们回家了呢！”胡山撇了一下嘴，很不情愿地站到一边，但还是嬉皮笑脸地不停向孩子们招手。

“是要回去，可是也得和胡哥道别啊！”孔飞的头都被转晕了，好一会儿才笑道。

“孔飞哥，胡哥似乎很在乎你哟！要不你留下得了，我一个人回家。”莫雨用手捏了一下孔飞说道。孔飞则向她做了个鬼脸。

红面具长老转过身来紧紧地握着孔飞和莫雨的手说道：“谢谢你们两个外来的好孩子，要不是你们的帮助，及时制止了使者们的叛乱，我们桃花源村也许就不复存在了，你们的功劳很大啊！”

“不不不，还有小多多和史方他们呢？他们的功劳也很大，要不是他们收留了我们，并在荒岛上了解到紧急情况，那后果真的是不堪设想呢！”孔飞赶紧把小多多和史方拉到了自己的前面。

“是的，小多多，我们都知道了所有情况，想不到十年前我们抛弃了你，而你却以德报怨，救了我们全村。”红面具长老感慨地说道，“看来，我们的村规要作一次修改了。”

“不，我认为，还有一些有功之臣是要褒奖的，我们不能忘记它们。”莫雨忽然插话道。

“哦！那还有谁啊？”红面具长老左看右看，并没有看到其他人。

“它们没有来。”孔飞当然知道莫雨说的是谁。

“没来，为什么不一起来呢？”红面具长老奇怪地问道。

“是小多多的兄弟大黑和那些狼。”莫雨微笑着回答道。

这可是小多多没有想到的，他心里对莫雨十分感激。想想也是啊，要不是大黑带领狼群帮助他们，还不知胜算几何呢！

大家静了下来，认真地听莫雨讲起狼群如何英勇地跟叛乱的使者搏斗，有的地方她还不忘添油加醋地渲染一番。

长老和村民听完这动人的故事后，情不自禁地鼓起掌来。让他们想不到的是，狼竟然也是至情至义的动物。

“我建议，在村规中增加一条新规则，我村村民要与所有动物和谐相处。”有村民站了出来向长老们提议道。

“对，爱护动物，尊重生命，世界才会多姿多彩，我们赞成增加这一条新村规。”其他村民纷纷附和。

长老们都点头表示同意。

“另外，我建议建一个纪念亭，用来纪念这四个小英雄及狼群勇救桃花源村的英雄事迹，让我村村民及后人，勿忘居安思危，勿失感恩之心。”他的提议也得到了村民们的赞同。

“这些建议都很好，我们长老院全部采纳。”红面具长老对大家说道，“为了感谢孔飞和莫雨这两个外来孩子，我们决定授予他们‘桃花源村荣誉村民’称号，并各颁发纪念章一枚以资嘉奖。”

“应该的，何况孔飞还是孔圣人的后裔。”村民们一边说，一边鼓掌。

“我桃花源村自建村以来，先祖尊儒崇道，规范了我村的管理，又有徐霞客和郦道元两位先生为我村做了长远发展规划；而今天孔飞和莫雨这两个小英雄则保护了我村的安全，拯救了村民的生命，他们虽是外界人士，却为我村做出了极大贡献，我们将永远铭记在心。”红面具长老继续说道。

“长老，我们的好朋友小多多和史方呢？你们打算怎么安排和奖励？”孔飞和莫雨同时问道。长老一直没有谈到小多多和史方，他们觉得这不公平。

红面具长老没有直接回答，而是走上前去牵着小多多的手说道：“我会和其他长老一起登岛，向你的恩师表示谢意。他是我们桃花源村的大恩人，他为我们村培育了你这么一个好孩子，我们向他表示最崇高的敬意。”

他又用另一只手拉着史方，对村民们说道：“我们长老院做出特别的安排，让小多多享受家庭的温暖，安排小多多到文锋先生的家庭，安排史方兄妹暂时寄养在颜正先生的家庭。每一个孩子都是我们桃花源村的希望，我们不会再抛弃任何一个孩子，我们要让每一个孩子都受到细心呵护，健康成长。”

“我代表我们育婴中心向小多多致歉，我会像对待自己的孩子一样爱护小多多。”文锋上前牵起小多多的手，看得出他是多么内疚。

颜正也上前牵起史方的手，说道：“你父母是我最好的朋友，现在他们还没有伤愈，但是你别怕，我就是你的亲人。”

村民们再次热烈地鼓掌，涌上前来紧紧地簇拥着四个孩子……最后，村民们干脆把孩子们抬将起来，抛向空中。而随着孩子们的升起、落下，现场气氛越发热烈。

无论是小多多和史方，还是孔飞和莫雨，此时此刻都感到自己就像蓝天下的小鸟，在空中自由自在地飞呀，飞呀！

和风轻轻地吹拂着悠悠的白云，此时的长老院后山上，一个须发如雪穿着黑色长袍的老人，看着眼前动人的场面，右手捋须，颔首微笑……

十九　梦逝桃源

当他想再次回到床上休息的时候，却发现书桌上不知何时端端正正地放着一个精致的有镏金花纹的古铜色金属盒子。他好奇地打开一看，一枚闪闪发亮的刻有“荣誉村民”字样的纪念章赫然映入眼帘，纪念章的背面是“桃花源”三个古朴大气的篆体字。

“笑了！他笑了！”一个小女孩兴奋地冲出病房，向正在走廊一端说话的一对年轻夫妇大声呼喊，“快点儿来，伯父、伯母，你们快来看，快来看，我看到他笑了！”

“是吗？‘小喜鹊’。”年轻夫妇满面愁容一扫而光，小步快跑地从远处过来。至今为止，他们已经愁得两天两夜没有合过眼了。

在病床上躺着的当然是孔飞，而说话的小女孩就是外号叫“小喜鹊”的莫雨。

病房一片苍白，冷冰冰的，只有淡绿色的窗帘和窗台上那盆紫吊兰给这里带来一丝生气。孔飞睁开蒙眬的眼睛，看到自己处在这陌生的环境里，一脸茫然。我这是在哪里啊？他想挣扎着坐起来，却觉得头重如铅，只好又躺了下去。

“孔飞哥，你醒啦！终于醒啦！”莫雨跑了进来，高兴地说道。

“‘小喜鹊’，这是在哪儿？我怎么会躺在病床上？”孔飞身体仍较虚弱，说起话来有气无力。

“这是在市人民医院，你在地质公园游玩的时候，在公园一张石椅上昏睡过去，当我们发现时，你正在感冒发烧，烧得可不轻，一直在说胡话呢！你都在医院躺了两天两夜了。”莫雨说道。

“是吗？我们不是在桃花源村吗？还有小多多呢？”孔飞看了看周围，确实是在医院的病房里面，可是他有点儿想不通，他们三个小孩刚才不是在桃花源村的长老院吗？

“什么桃花源村？小多多？孔飞哥，我听不明白你说的话呀。”莫雨把眉头皱成一个大问号。她心里在想，这孔飞哥是不是烧糊涂了呀？

“我们三个人刚才还被长老院评为‘荣誉村民’，还颁发了纪念奖章给我们呢！你真的不知道？”孔飞固执地问道。他想，这“小喜鹊”什么时候学会骗人了？

“孔飞哥，你是烧糊涂了吧？你一直都在医院躺着呢！我这是放学后抽空过来看你的。”莫雨回答道。孔飞哥是做了什么美梦吧！她想。

孔飞又看了看周围，自己确实是在医院里。难道自己真的是烧糊涂了？他不再吭声了。

“飞飞，你醒来啦？你这次可把爸爸妈妈吓得不轻。”孔飞妈妈疼爱地抚摸着孔飞的头，语气温柔地说道。爸爸则站一边微笑地看着他，没有说话。

“是啊！伯父伯母一直在这里，两天两夜没有休息了呢！”莫雨说道。

孔飞将头一扭，侧向另一边。他不想搭理他们，爸爸妈妈对他狠狠的批评，他至今还记忆犹新。

“飞飞，是爸爸妈妈的错，对你的批评不该那样严厉。只要你尽了自己的努力，我们就支持你，原谅爸爸妈妈，好吗？”孔飞妈妈进一步说道。

“飞飞，爸爸也在这里向你道歉。”男人走到床的另一边，一本正经地立正站好，向孔飞敬了一个标准的军礼。

孔飞看到爸爸这滑稽的模样，被逗得笑了起来，一肚子的气早就跑到九霄云外了。实际上孔飞从小身体就一直棒棒的，哪里会有大问题，他不过就是一个心结打不开而已。

病房内，几人都笑了起来。孔飞忽然觉得头不重了，也不晕了，立马从床上爬了起来，说自己想家了，不想留在医院。

这时候，医生进来查房。医生检查了一下孔飞身体的各项指标，然后点了点头，同意了孔飞的请求，一再叮嘱他回家注意休息，家长不要给孩子太大的精神压力。

回到家里的这个晚上，孔飞说什么都睡不着，眼睛一闭脑海中就浮现出在桃花源村所有的经历。他们说自己是在做梦，可是梦境哪会记得这么清晰呢？妈妈睡前来看他，他只能假寐糊弄过去。一个晚上就这样半睡半醒的，最后他决定，一定要再到世界地质公园实地探个究竟，以证实自己梦境的真实性。

第二天，天刚蒙蒙亮，孔飞就悄悄地从床上爬起来，蹑手蹑脚地出了家门。还好，父母还没起床，如果父母知道他要出去，那肯定是要阻拦的。

出了家门，他便搭上了11路公交车，这趟车的终点站是世界地质公园。

东方的天空泛起了粉红色的霞光，不一会儿，一轮红日从山头上冉冉升起，似在热情地呼唤新的一天到来。当孔飞从公交车上下来的时候，在公园的大广场上，早已停满了各式各样的汽车，人们三五成群有的在打太极拳，有的在跳广场舞，有的在散步聊天，还有的坐在椅子上休息看书。

那天也是这么多人，也是这么好的天气，他清楚地记得，为了避开人流，自己一个人专门挑那偏僻的地方走。而且后来，见到"小喜鹊"的时候，为了甩掉她，自己还专门往十分难走的方向猛跑。回想起来，当时走的那个方向基本上是无路可走的，最起码一般的人是不会走的，要走的话也是那些飞禽走兽。

那么这条路在哪里呢？他凭着脑中的印象专往偏僻的地方寻找，记得有荆棘丛生的，有蛛网横斜的，还有小山坡，可是看来看去，又像又不像，往往进去了一小段路又不得不退了回来，不敢再继续往前走了。

为了找到那条路，他逢人就打听，地质公园里有没有哪个山谷可去？有没有哪个山谷长满桃花？有没有哪个地方有清澈的小溪？可是没人能说出这么一个地方，有的人甚至用怪怪的眼光看着他，以为这个小男孩头脑有问题。

转来转去，孔飞感到筋疲力尽，于是坐在小树林中的石椅子上休息。看来他们没说错，自己是做梦了，那一切都是梦境，没必要白费心思再去寻找了，想想一千五百年前东晋时期，就有人找过桃花源村，那渔人甚至还做了标志，最终还是无功而返，不了了之，何况自己呢？想到这里，孔飞叹了一口气，心里面也踏实了些。

“大黑，大黑。”林子里面忽然传来一阵阵狗叫声和人语声。不一会儿，有人牵着一只大黑狗往孔飞这边走来。孔飞定睛一看，那不是小多多吗？眉如天蚕，发黄肤黑，身高体健。再看那只狗，高大威猛，真的是大黑。没错，这男孩就是小多多。

孔飞兴奋地站了起来，跑过去大声喊道：“小多多，小多多，你怎么在这里，害得我到处找你们。”

“你在喊谁呀？我叫小都都，你认识我吗？”那男孩抬起头问道。他觉得眼前这个陌生的小哥哥真的很奇怪，莫非自己和他的朋友小多多长得十分相似？

“你不是小多多？你明明就是小多多啊！我们一起拯救了桃花源村的人，你的狼群还立了大功呢！难道你真的忘记了？”孔飞说完拉起那男孩的手来看。没错，右手小指旁边多了一个指头，这骗不了我，竟然不愿意承认，是想拿我开玩笑吗？

“我没有去过桃花源村，也没有立过大功，我真的不知道你在说什么。”男孩一脸茫然地回答道。

这时候，从林子外走来了一个年轻妇女，向这边喊道：“小都都，你在哪里？我们回家啦！”

“妈，我在这里，我来啦！”男孩不再理睬孔飞，牵起那条大黑狗就往外面走，到了年轻妇女身边，他忽然回转身来神秘兮兮地向孔飞笑了一下，然后就头也不回地走了，只留下孔飞一个人在那里发愣。

难道自己真的看错人啦？算了，回家吧！爸爸妈妈在家里发现我不见了，也许正在着急呢！孔飞决定还是回家好好休息，别这样恍恍惚惚的了。

孔飞回到小区，但见人们依然行色匆匆，根本没有一个人特意关注自己。

悄悄地进了家门，孔飞看到爸爸正埋头看着当天的报纸，于是像做错事了一样，轻轻地说："爸爸，我回来了。"

"哦，回来了，回来就好！"爸爸没有抬头，继续看着报纸，似乎什么事都没有发生。

妈妈在厨房里忙着做饭，孔飞又进去轻轻地招呼道："妈妈，我回来了。"

"回来啦！我们正等你回来吃饭呢！"妈妈忙着手中的活计并没有停下来。跟平常一样，她的语气还是那么温柔亲切。

爸爸妈妈没有责备他，孔飞反而觉得不太习惯。想想，要是以前不打招呼就出去玩，爸爸妈妈可是要大声呵斥的。

孔飞闷闷不乐地回到房间，百无聊赖，兴味索然，倒头就躺到床上。真的有点儿累了，当他准备闭目养神的时候，突然看到窗外有黑影一闪而过。谁？他警觉地从床上爬了起来，打开窗户仔细查看，却见外面静悄悄的，一点儿异常情况都没有。

也许是自己没有休息好，产生了幻觉吧！这段时间，自己为啥老是恍恍惚惚的？他摇了摇头，再看看外面，小区移栽的几十棵枝繁叶茂的桃花树上，开满粉红的花儿，两三只长着黄色绒毛的小鸟在树枝之间不停地扑腾，时不时“啾啾啾”地鸣叫一声，像是告诉同伴自己所在的位置。

“对，顺势而为。”他忽然想起老子说的那句话，心情大为好转。

当他想再次回到床上休息的时候，却发现书桌上不知何时端端正正地放着一个精致的有镏金花纹的古铜色金属盒子。他好奇地打开一看，一枚闪闪发亮的刻有“荣誉村民”字样的纪念章赫然映入眼帘，纪念章的背面是“桃花源”三个古朴大气的篆体字。

孔飞大吃一惊，难道自己还在梦中？

后 记

《迷失桃花源》是我多年之前尝试完成的一部带有科幻色彩的长篇小说。此次拿出来交付出版之际，恰逢全球首届人工智能安全峰会于2023年11月1日至2日在英国召开。作为特斯拉公司和太空探索技术公司的首席执行官，埃隆·里夫·马斯克在峰会上发表了惊人言论。

他说，希望建立一个第三方裁判来监督领先的AI公司，并及时发出警报以避免危险事件发生。他强调，人工智能是人类最大的危险之一，同时也是人类历史上第一次出现比我们聪明得多的东西，我们需要控制它并引导它朝有利于人类的方向发展。他还表示，人工智能是一把双刃剑，至少有百分之八十的概率对人类有益，但也有百分之二十的概率会带来危险。因此，我们需要关注未来人工智能模型可能对人类生存造成危险，以及当前人工智能可能会增加有害或偏见信息。

虽然马斯克的观点引发了争议，但是他的言论也引发了人们对于人工智能未来发展的关注。我们需要建立更好的规范和准则来确保人工智能的发展是可持续的，同时也要加强对人工智能技术的研究和开发，以确保我们能够更好地掌控风险和机遇。虽然人工智能的确存在风险，但我们也相信人类的智慧和努力可以引导它朝着有利于人类的方向发展，让我们共同期待一个更加美好的未来。

真的十分巧合，《迷失桃花源》有部分章节专门描述了人工智能反叛人类的故事情节：作为受长老院委托管理桃花源村日常事务的使者，即人工智能机器人，其智慧逐渐接近并在某些方面超越人类，它们已经善于在日常工作中积累经验和教训，当它们发现自身受到约束且处于危险境地之时，很自然地选择了背叛权威的长老院并伤害村民的生命，成了桃花源村的敌人。我认为，人工智能是一把双刃剑，我们要在充分利用其为人类社会发展进步作出贡献的同时，绝对地掌控和防范它带来的一切安全风险。

这部作品主要还是为了塑造一些小英雄，这是我写作的最终目的。本文的主人公孔飞和莫雨就是这样的角色。他们因为淘气迷失于桃花源村，见识和经历了许多稀奇古怪的事情，却又机缘巧合地战胜了人工智能，拯救了桃花源村。他们实际上很普通很平凡，跟我们身边来来往往的同学、朋友没有两样。我们知道，英雄从来都不是什么超人，他们能做到的事情我们同样也能做到，只要我们怀揣着一颗对学习、生活和事业的挚爱之心。

中华民族是崇尚英雄、成就英雄、英雄辈出的民族。我也十分崇拜英雄，小时候常跟小伙伴们模仿电影上的英雄人物玩一些游戏，在日常生活中也学着英雄干一些自认为英雄的事情。这或许就是我的精神世界里一直存在的一种英雄情结，而且就是这种英雄情结促使我去写一些关于“小英雄”的作品。譬如《英雄铁三角》和《迷失桃花源》。还有已完结的《给彼得的十八封信》《我是一只小蚂蚁》，以及仍在构思和写作之中的《小药神》和《军饷迷踪》等。

众所周知，中华民族上下五千年，人才济济，英雄辈出，诸如精忠报国的岳飞、威震敌胆的戚继光、碧血丹心的文天祥、忠心赤胆的史可法和收复台湾的郑成功，等等。每当生死存亡的关键时刻，总有可歌可泣的英雄儿女挺身而出、慷慨前行。他们犹如一颗颗明星、一盏盏明灯、一簇簇焰火，光耀天空、烛照大地，推动着中华民族发展壮大。

一个有希望的民族不能没有英雄！一个有前途的国家不能没有先锋！一个有未来的人不能没有信仰！希望我在这些作品里塑造的平凡的小主人公，能成为激励孩子们健康成长的榜样。

莫冲海

二〇二三年十一月二十六日于广东始兴